Fotos

Titelblatt: Bordesholmer See
                 Elmer Schmidt

Rückseite: Wassertropfen
                 Eckhard Felsmann

**Bordesholmer Edition
Band 24**

Was lebt, braucht Wasser!

Ohne Wasser können Lebewesen nicht überleben. Menschen brauchen Wasser zum Trinken, Kochen, Waschen, Gießen, für ihre Hygiene und Sanitärversorgung. Aber über eine Milliarde Menschen hat keinen Zugang zu sauberen Trinkwasser. Für uns liegen solche Probleme in weiter Ferne. Verregnete Sommer hinterlassen den Eindruck, Wasser sei eher lästige Übel als wohltuender Lebensspender. Wenngleich der Wasserverbrauch in den Haushalten geringfügig sinkt, gehört Deutschland zu den größten Wasserverschwendern der Welt. Wir verbrauchen weit mehr Wasser, als wir zum Duschen, Kochen oder Trinken brauchen. Das Bundesumweltamt hat errechnet, dass jeder Deutsche im Haushalt 121 Liter Wasser pro Tag nutzt. Hinzu kommen 3900 Liter Wasser, die täglich für die Herstellung von Lebensmitteln, Bekleidung und anderen Bedarfsgütern verwendet werden. Zu dem indirekt genutzten Wasser gehören zum Beispiel 140 Liter Wasser, die für die Produktion von einer Tasse Kaffee verschmutzt werden, oder 8000 Liter für ein Pfund Rindersteak.

Wie um alles, was knapp und lebenswichtig ist, gab es um Wasser immer schon Streit. Dem Feind das Wasser abgraben war im Altertum und im Mittelalter eine wirkungsvolle Militärstrategie, und die Brunnenvergiftung galt bereits in der Antike als schweres, die Allgemeinheit betreffendes Verbrechen.

Wenngleich unser Trinkwasser heute so gesichert wird, dass eine Gefährdung nahezu ausgeschlossen ist, so muss das nicht alle Verblendeten davor abhalten, es dennoch zu versuchen. Und ist es nicht allen deutlich geworden, dass es absolute Sicherheit nicht gibt, als wir die Türme des World Trade Centers einstürzen sahen? Um die Kostbarkeit des Wassers rankt sich unser Kriminalroman „Giftwasser".

Wir wollen für das Thema sensibilisieren, zum Wasser sparen, zum achtsamen Umgang mit dem kostbaren Nass ermuntern. In einem Roman. Unterhaltsam. Nicht immer ganz realistisch. Übereinstimmungen mit realen Personen oder Intuitionen sind weder beabsichtigt noch gewollt. Aber immer an dem Ziel orientiert:

Wasser ist ein Menschenrecht!

Jürgen Baasch   Henning Thomsen   Elmer Schmidt

4

Giftwasser

Fünfter Bordesholmkrimi
2015

Erläuterungen

Konfer* Kap.5	Konfirmandenunterricht.
Sure* Kap.5	Abschnitt des Korans.
Imam* Kap.5	Im Koran hat er die Bedeutung von „Vorsteher, Vorbild und Anführer"
DEHOGA* Kap.8	Hotel- und Gaststättenverband DEHOGA Schleswig-Holstein ist die zuständige Berufsorganisation für alle gastgewerblichen Unternehmen des Landes.
hala'l* Kap.15	ist ein arabisches Wort und kann mit „erlaubt" und „zulässig" übersetzt werden.
Flow* Kap.15	Durchflussmenge

Personenliste

Ermittler

Wilhelm Bielfeld	Hauptkommissar, lebt mit Friseurmeisterin Dagmar Borgandt und deren Tochter Alina (10 J.) zusammen
Erika Friedberg	Kommissarin mit Sohn Finn, 14 Jahre alt

Landwirte:

Klaus Tönnsen	Schweinezüchter, verheiratet mit Tanja
Krischan Hansen	Landwirt mit 30 Hektar, Lohnunternehmer
Hans-Werner Meyer	Landwirt mit 250 Hektar in Negenharrie
Gerhard Rixen	Landwirt aus Brügge, wenig Land, mit Brigitte verheiratet

Salafisten

Mario	Schüler, 17 Jahre, Sohn einer alleinerziehenden Mutter
Raffael Johannsen	(Yussuf) Vorbeter, 29 Jahre alt
Claas	Techniker, 22 Jahre alt
Karim	Betriebswirt, 25 Jahre alt

Andere Personen

Hans Diestelhorst	Landwirt in Loop
Damian	Lkw-Fahrer aus Polen
Rüdiger Teske	Wasserwerk Geschäftsführer

1

Ein übler fischig-fauler Gestank waberte über dem Bordesholmer See. Carsten Wode ruderte mit einem steifen Ostwind im Rücken auf die Insel in der Pastorenbucht zu. Er wollte die Netze einholen, die er vor zwei Tagen ausgelegt hatte. Dabei war ihm nichts Besonderes aufgefallen. Aber jetzt, dieser eigentümliche Geruch. Und trieben da nicht ab und zu große Fische in den kabbeligen Wellen an der Wasseroberfläche? Der Hobbyfischer, der das Recht zum Fischfang auf dem See von seinem Großvater übernommen hatte, war bei den Stellnetzen angekommen, an denen entlang die Fische zu der Reuse geleitet werden. Als Wode den Fang zu sich ins Boot zog, war da kein Zappeln und Springen. Er schien eine schwere leblose Masse gefangen zu haben. Der Fischer leerte die Reuse in einen Hälter. Ein guter Fang lag vor ihm, aber alle Fische waren tot. Neben den üblichen Weißfischen sah er Hechte, Barsche, Aale und Karpfen. Einige riesige Musterexemplare waren darunter. Und sogar ein Zander. Angler erzählten, dass es sie im See gäbe, aber gefangen hatte Wode bisher keinen.

Carsten Wode nahm den einen und anderen Fisch auf, betrachtete Kiemen, Augen, Schuppen. Die Tiere waren seit längerem tot, schloss der Biologe. Er verstaute die Reuse im Bug und wendete das Boot. Am geschützten Anleger vor dem Alten Kreishaus fingerte er Block und Stift aus seiner Fischerkleidung und notierte Fisch für Fisch die leblose Ausbeute. Er würde eine Ermittlung

9

wegen Gewässerverunreinigung mit Fischsterben einleiten.

*

Ein unangenehmer Geruch wehte den Joggern, die am frühen Morgen über die Waldbachbrücke liefen, entgegen. Verwesungsgeruch war es, denn der steife Ostwind trieb das Wasser weit hinein in den Mündungstrichter des Waldbaches, und in der bräunlich grünen, schwappenden Sauce trieben hunderte und aber hunderte tote Fische. Wie ein einziger Leib hoben und senkten sie sich im anbrandenden Wasser.

„Was ist das denn?"

Der Leiter der Jogging-Gruppe nestelte sein Handy aus der Tasche am Laufgurt. Er wählte die Nummer des Rathauses und ließ sich mit dem Leiter des Ordnungsamtes verbinden. Bevor der Jogger über das unheimliche Vorkommnis berichten konnte, sagte der Beamte:

„Ja, wir sind informiert. Umweltpolizei und meine Leute sind auf dem Weg zum See. Vielen Dank für Ihre Meldung."

Eine Frau aus der Gruppe, die sich die Nase zuhielt, sagte:

„Das muss auch die Naturschutzgruppe wissen. Wie heißt der Vorsitzende noch? Meise, glaube ich, Heiner Meise."

„Gut, ich weiß, das ist ein sehr engagierter Mann. Aber den rufe ich von zu Hause an. Jetzt wollen wir erst einmal raus aus diesem Gestank!"

Und er setzte sich an der Spitze seines Trupps in Bewegung Richtung Vogelwiese. Auf dem Weg begegneten ihnen die ersten Fahrzeuge der Umweltpolizei.

*

Henny Eibacher und Trude Norwig waren zwei sportliche Frauen, die ihre Körper abhärteten. Seit über vierzig Jahren nahmen sie früh morgens ein Bad im Bordesholmer See. Von der Badeanstalt aus schwammen die Frauen, wenn es die Witterung zuließ, in Richtung Insel auf den See hinaus. Obwohl sie wegen des kräftigen Rückenwindes an diesem Tag gut vorankamen, warnte Henny:

„Lass uns nicht zu weit schwimmen. Zurück geht es gegen Wind und Wellen. Oder wir müssen rüber bis zur Vogelwiese und zu Fuß den Heimweg antreten."

Aber Trude hörte gar nicht mehr zu. Sie war gegen etwas Großes, Festes, Glitschiges gestoßen:

„Ih gitt, ein toter Fisch! Und da, noch einer und noch einer!"

Beide Frauen stießen jetzt bei jeder Schwimmbewegung mit ihren Händen, Armen und Beinen an Fischkadaver.

„Ruhig bleiben, Henny, ruhig bleiben. Keine Panik!" versuchte Trude ihre Freundin zu beruhigen, um im nächsten Moment selbst einen lauten Entsetzensschrei auszustoßen. Sie hatte einen länglichen Körper, einen Aal oder eine Schlange, gegriffen. Hektisch ruderte Trude zurück und würgte das verschluckte Wasser wieder aus.

Die geübten Schwimmerinnen verständigten sich. Sie wollten das nächste erreichbare feste Land ansteuern. Mit kräftigen Schwimmstößen strebten sie auf die Insel zu.

2

„Wenn die Regierung in Kiel ihre Gülle-Pläne wirklich umsetzt und die Wetterfrösche damit Recht behalten, dass der Herbst wieder sehr regnerisch und der Winter saukalt wird, bekomme ich richtige Probleme mit dieser verdammten Gülle." Besorgt schaute Schweinezüchter Klaus Tönnsen auf seine offene Anlage, die schon fast bis zum Rand mit der stinkenden Schweinegülle gefüllt war. Und die keineswegs den aktuellen Vorschriften entsprach.

„Na, ich hoffe, dass ich mit dem süffigen Bier und den knusprigen Schweinekoteletts die Anderen von meinem Vorhaben überzeugen kann", brummte er in seinen dichten Vollbart. Mit Schwung und der ganzen Kraft seines Zweimeter-Riesenkörpers griff er die beiden Kästen Elephanten-Bier aus dem Kofferraum seines Mercedes-Geländewagens.

„Tanja, hast du an die Koteletts gedacht? Die Jungs müssten gleich hier sein. Ich habe noch den leckeren Kartoffelsalat von Edeka geholt."

„Klaus, die Jungs sitzen schon in der Stube und warten auf dich. Taxi Rohwer war heute mal wieder besonders schnell." Tanja, die Ehefrau von Klaus, trug das volle Tablett mit den Biergläsern, den Tellern und Bestecken ins Wohnzimmer.

„Hast du den Flaschenöffner dabei? Gerhard, diese Muschi, kriegt sein Bier sonst nicht auf", rief Klaus seiner Ehefrau hinterher. Er stellte einen Bierkasten in den

Kühlschrank und ging mit dem anderen zu den Männern ins Wohnzimmer.

„Moin ihr Schwachköpfe!" Rau, aber herzlich begrüßte Klaus seine Kumpel, die er alle vor langer Zeit auf der Landwirtschaftsschule in Rendsburg kennen gelernt hatte: Krischan Hansen, Besitzer eines 30 Hektar kleinen Hofes in Groß Buchwald, der nebenbei als Lohnunternehmer erfolgreich bei anderen Landwirten aushalf. Hans-Werner Meyer aus Negenharrie, der durch eine glückliche Familienpolitik mittlerweile über 250 Hektar sein eigen nennen konnte. Und Gerhard Rixen aus Brügge, der seine wenigen Rindviecher größtenteils auf fremden Wiesen weiden lassen musste, weil er selbst zu wenig Land besaß.

„So Jungs, nun lasst es Euch erstmal schmecken. Essen und Trinken ist genug da." Klaus nahm selbst einen Riesenschluck aus seinem Bierglas und griff zu Messer und Gabel.

„Was ist denn so Wichtiges zu besprechen?" wollte Krischan Hansen wissen.

„Du klangst ja vorgestern am Telefon so geheimnisvoll!"

„Willst du deinen Bürgermeister wieder ärgern?" fragte Hans-Werner Meyer nach. „Da wäre ich selbstverständlich gerne dabei."

„Nein, nein. Dieses ist viel wichtiger. Es betrifft uns alle hier in diesem Raum." Klaus klang verschwörerisch.

„Es geht um unsere Zukunft und unser Überleben als Landwirt hier im Bordesholmer Land. Aber nun genießt erst mal das schöne, starke Bier aus Dänemark. Die Marke habe ich in unserem letzten Urlaub kennengelernt. Und die leckeren Koteletts haben gestern noch im Stall gequickt." Klaus schob sich einen großen Bissen in den Mund und zeigte deutlich, dass er mit seinem Thema noch warten wolle.

„Was hat sich denn der Habeck, unser Super-Landwirtschaftsminister, zwischenzeitlich Neues ausgedacht, um uns zu ärgern?" griff Meyer das Gespräch auf.

„Ach, lasst den bloß in Ruhe. Der ist doch ganz in Ordnung", mischte sich Gerhard Rixen erstmals ins Gespräch ein. „Der hat eigentlich gute Ideen."

„Er ist vielleicht nicht ganz so blind wie seine Kabinettskollegen in Kiel. Aber lange hält sich diese Bande sowieso nicht mehr", ließ Krischan Hansen wissen.

Klaus Tönnsen hatte seinen Teller leergeputzt und öffnete für sich und seine Kumpel die nächsten Flaschen Bier mit dem Messer:

„Ein Kamerad von der Wehr kennt einen, der bei der Landwirtschaftskammer arbeitet. Und der hat erzählt, dass das Ministerium die Vorschriften über die Gülle-Entsorgung noch weiter verschärfen will. Brüssel macht Druck gegenüber der Bundesregierung und die gibt den weiter an die Landesregierungen. Dass die Gülle-Sperrfristen auf Anfang Oktober erweitert werden sollen, ist ja seit einiger Zeit bekannt. Jetzt sollen wir aber auch gezwungen werden, mit moderneren Maschinen die Gülle auszubringen. Wer diese aber bezahlen soll, weiß kein Mensch. Egal ob in Brüssel, Berlin oder Kiel. Und das Ganze nur, weil wir angeblich durch zu viel Gülle das Grundwasser verseuchen."

„Das ist ja auch so. Durch die Gülle steigen die Nitratwerte im Grundwasser über die zulässigen Grenzen. Und dadurch können die Menschen Krebs kriegen. Stand im letzten Herbst in der Holsteiner Zeitung", meldete Gerhard sich ganz aufgeregt. „Und ob das Fischsterben im Bordesholmer See nicht durch zu viel Gülle im Wasser entstanden ist, muss auch noch bewiesen werden!"

„Ach Gerhard, da versucht diese schreckliche Grünen-Vorsitzende ihr politisches Süppchen auf unsere Kosten zu kochen. Und der von dir verehrte Habeck hätte man lieber Schriftsteller bleiben oder wenigstens nur als Umweltminister die Bevölkerung gängeln sollen. Aber in seiner zusätzlichen Funktion als Landwirtschaftsminister macht er uns das Leben doch wirklich unnötig schwer!" Hans-Werner Meyer wiederholte energisch seine ablehnende Haltung.

„Bei unserem alten Hans Wiesen wäre das bestimmt nicht passiert!"

„Hans-Werner, da hast du völlig recht. Der Teske vom Wasserwerk hat mir gerade neulich bestätigt, dass die Wasserwerte im Bordesholmer Land regelmäßig kontrolliert würden und immer in Ordnung seien", pflichtete Krischan Hansen bei. „Aber Klaus, verrate uns mal, was du denn vorhast?"

„Ich habe mir da eine Idee durch den Kopf gehen lassen. Die neuen Vorschriften werden wohl frühestens im nächsten Frühjahr in Kraft treten, so hat der Kumpel erzählt. Lasst uns daher versuchen, unsere Güllebestände wegen der eventuell nassen oder gefrorenen Wiesen vorher zu entsorgen, vielleicht auch ein wenig mehr als wir eigentlich dürfen", wagte sich Tönnsen aus der Deckung.

„Jeder von uns hat doch Landstücke, wo irgendwelche übereifrigen Bürgermeister, Gemeindevertreter, Naturschützer oder Polizisten nicht vorbei kommen. Wenn wir da fleißig unsere Gülle ausschütten, können wir unsere Tanks noch vor dem nächsten Winter leer kriegen. Da ich aber sehr viele Schweine in den Ställen stehen habe und die meisten meiner Wiesen von den Reitern und Joggern einzusehen sind, brauche ich eure Hilfe. Ich würde mich ja auch bei euch erkenntlich zeigen", schmeichelte sich Klaus bei den anderen ein.

„Und wie soll das aussehen?" Krischan Hansen, der permanent wenig Geld hatte, zeigte Interesse.

„Eine Hand wäscht die andere, mir fällt da schon etwas ein. Vielleicht brauchst du ja mal wieder eine fette Sau. Die soll es übrigens auch sehr schön in der ‚Venus' geben", orakelte Tönnsen. Es dauerte, bis bei den anderen der Groschen fiel:

„Du sollst in diesem feinen Saunaclub ja Stammgast sein, habe ich gehört", freute sich Hans-Werner Meyer.

„Gegen einen gemeinsamen Betriebsausflug nach Grevenkrug hätte ich nichts einzuwenden. Wenn Klaus bezahlt, ist die Sache doch in Ordnung!"

„Was soll ich denn in diesem blöden Puff?" empörte sich Gerhard Rixen. „Ich bin seit über 20 Jahren glücklich verheiratet."

„Eben drum, da kann doch etwas Abwechslung bestimmt nicht schaden." Auch Krischan Hansen fand Gefallen an der Idee.

„Also, ich hätte da ein geeignetes Stück Land in der Feldmark. Da laufen ab und zu ein paar Hundebesitzer mit ihren Tölen. Aber die achten nur darauf, dass ihre vierbeinigen Lieblinge nicht hinterm Wild herjagen. Ob da Gülle im Boden ist oder nicht, merken diese Städter gar nicht."

„Und bei den Bauern, auf deren Land du arbeitest? Kannst du da keine Gülle verschwinden lassen?" fragte Hans-Werner nach.

„Aber bitte nicht bei mir!"

„Doch", antwortete Hansen, „da fallen mir bestimmt einige Stinkstiefel ein, die ich wegen ihrer schlechten Zahlungsmoral schon immer mal ärgern wollte."

„Und ihr beiden? Wie sieht es bei euch aus?" fragte Tönnsen seine Freunde aus Brügge und Negenharrie.

„Also, ich war mal mit Feuerwehrkameraden in der ‚Venus'. War wirklich ein feucht-fröhlicher Abend, bei dem ich viel Spaß hatte. Wenn du die Runde schmeißt, helfe ich dir bei deiner Schweinegülle. Prost lieber Klaus!" freute sich Hans-Werner jetzt schon auf den Ausflug in die ‚Venus'.

„Und du alter Moralapostel?" Klaus Tönnsen schaute Gerhard Rixen an.

„Ich bleibe bei meiner Meinung! Euren Bordellbesuch könnt ihr alleine machen.

Und die zusätzliche Verschmutzung des Bodens oder des Wassers kann ich auch nicht gutheißen." Gerhard Rixen kniff seine schon normal sehr schmalen Lippen noch mehr zusammen und sah seine Mittrinker verbiestert an.

„Ich will mich jetzt auch auf den Heimweg machen. Kann Tanja mal die Droschke klarmachen und bei Rohwer anrufen?"

Klaus tippte auf seinem iPhone die Homepage der ‚Venus':

„Und diese netten Mädels hier können Dich nicht umstimmen? Egal, ob schwarz, braun oder blond. Die haben etwas für alle Geschmacksrichtungen. Nur Glatzenträgerinnen habe ich dort noch nicht gesehen." Er zeigte laut losprustend die Bilder von den leichtbekleideten Mädels und öffnete noch vier Bierflaschen.

„Ach Gerhard, komm und mach mit. Früher in Rendsburg haben wir doch auch immer viel Spaß miteinander gehabt", versuchte Hans-Werner zu überzeugen.

„Ich denke nur an unseren Betriebsausflug auf die Reeperbahn. Mein Gott, warst du da gut drauf. Du konntest doch gar nicht genug kriegen."

„Das ist doch schon ewig her, da waren wir noch jung und unverheiratet", reagierte Gerhard beleidigt.

„Jetzt sind wir auch noch jung und brauchen Geld", lachte Hans-Werner. „Nun sei keine Spaßbremse."

„Ich lass Euch jetzt alleine mit Euren blöden Ideen und bitte Tanja, mir das Taxi zu rufen. Vielen Dank für Speis und Trank, lieber Klaus." Gerhard stand mit ungelenken Bewegungen von seinem Stuhl auf, klopfte auf den Tisch und verschwand in Richtung Küche.

„Boah, ist das ein langweiliger Spießer geworden, seitdem er mit dieser Brigitte verheiratet ist. Aber die ist ja auch spannend wie so ‘n Schluck Wasser in der Kurve", schimpfte Klaus über seinen Kollegen. „Jetzt trinken wir noch etwas richtig Gutes."

Er ging zum Wohnzimmerschrank, hinter dessen Glasscheibe Kristallgläser in allen Größen und einige Spirituosen standen.

„So etwas Feines gibt es nicht alle Tage." Er kam mit drei Schnapsgläsern und einer Flasche ‚Ziegler No. 1' zurück.

„Dieses Kirschwasser schmeckt euch bestimmt besser als der obligate Oldesloer bei der Wehr." Er schenkte die Gläser für sich und seine beiden Freunde voll:

„Prost, Jungs auf die Gülle und die Mädels von der ‚Venus'."

3

Damians Handy hatte in seiner Hosentasche geklingelt. Damian musste grinsen, weil er an die Werbung im Fernsehen dachte, wo ein Junge immer rief: „Ruf mich an, ruf mich an", weil er es so schön fand, wenn das Handy in seiner Hosentasche vibrierte.

Damian schaute auf das Display, es war eine von den drei Logistikfirmen aus Warschau. Er hatte sie gespeichert und wusste, wer am anderen Ende war.

„Hallo Damian, hast du morgen Zeit? Ich habe hier eine Ladung, die muss nach Schleswig Holstein, bei Bordesholm, genaugenommen nach Hoffeld. Du kennst dich da ja aus."

Damian hatte Zeit, trotzdem zögerte er. Erstens wollte er dem am anderen Ende vormachen, er hätte viel zu tun, und zweitens hatte er die Erfahrung gemacht, dass die Firma oft mit Ladungen zu tun hatte, die nicht ganz koscher waren.

„Was ist das denn für eine Ladung?" fragte er deshalb unsicher.

„Ach, nur Pflanzenschutzmittel, in Säcken auf Palletten. Mit einem Gabelstapler bist du schnell vom Acker. Das ist was Neues, muss erst mit Wasser verdünnt werden. Mit ‚Schwiegermuttergift' ist es ja nun vorbei, das E 605 ist doch nach mehreren Giftmorden verboten."

Damian wusste, dass E 605 viele Opfer gefordert hatte, weil es geruchs- und farblos war.

„O.k.", sagte Damian, „...ich komme. Morgen bin ich bei euch in Warschau."

Die Verladung ging wirklich flott vonstatten. Während er zuschaute, wie die zwei Gabelstapler abwechselnd seinen LKW beluden, trank er einen Kaffee aus dem Automaten.

Mit einem Grinsen im Gesicht, sich über seinen neuen Auftrag freuend, fuhr Damian vom Hof in Richtung Schleswig- Holstein.

Genüsslich schob er seine neu aufgenommene Kassette ins Radiofach. Er hatte sich die Mühe gemacht, extra die Lieder aus der polnischen Hitparade aufzunehmen. Die gesetzlich vorgeschriebene Pause benutzte er, um seine Bremsen zu prüfen. Er war mit dem LKW losgefahren, ohne zu merken, dass die Handbremse nicht gelöst war. Wohlgemerkt, den Hebel hatte er gelöst. Mit dem Hammer hatte er dann die Bremsbeläge bearbeitet, um sie gängig zu machen. Nun war er weitergefahren, ohne sich weiter ausruhen zu können. Um etwas gegen seine Müdigkeit zu unternehmen, goss er sich einen inzwischen kaltgewordenen Kaffee ein. Und da er trotz Krach einzuschlafen drohte, sang er laut zu seiner Musik.

Damian war nicht der Größte mit seinen 173 Zentimetern. Seine Haare waren kurz geschoren, und sein sogenannter „Dreitagebart" ließ ihn sympathisch aussehen. Er ließ seinen Bart einfach nur wachsen, nicht weil es modern war, sondern weil er sich nicht die Zeit zum Rasieren nahm. Natürlich trug er eine Jeans. Seine Füße steckten in Stiefeln. In seiner Kabine fühlte er sich wie zu Hause, und deshalb trug er ein ärmelloses Hemd über das er eine Jacke streifte, wenn er aussteigen musste.

Sein Auto war schon nicht mehr das Neueste, aber es gehörte ihm. Und er war froh über jeden Job, den er bekommen konnte. Für die Tour hatte er sich eine Route im Internet ausgesucht. Nicht soviel auf der Autobahn. Dort sind oft Kontrollen von der Deutschen Polizei. Lieber über die Dörfer auch weil sein LKW sowieso nicht der Schnellste war. Damian war in Deutschland gemeldet und wohnte auch dort. Sein Auto hatte er aber in Polen angemeldet, dort gab es keinen „Technischen-Überwachungs- Verein" wie in Deutschland. In Deutschland hat er sich angemeldet, weil die Geschäfte hier lukrativer sind. Sie werden besser bezahlt. Und wenn er keine Geschäfte machte, würde er vom Staat unterstützt.

Da sein Auto nicht das Neuste war, musste er, wenn er in den nächsten Gang schalten wollte, die Kupplung nicht nur einmal treten, sondern zweimal. Um aber in den nächsten Gang zu schalten, musste Damian noch kurz das Gaspedal betätigen. Und das Ganze auch noch im Stehen, weil er im Sitzen mit seinem Fuß das Pedal nicht erreichte. Der Fahrersitz war angerostet und nicht mehr zu verstellen.

Es dämmerte bereits, und es fielen Graupelschauer aus dunklen Wolken. Damian schaltete seine Wischer ein, die sich mühsam über die Scheiben quälten. Statt neue Scheibenwischer zu kaufen, hatte er sich auf dem Dach seiner Fahrkabine ein Nebelhorn montiert. Wie in den amerikanischen Filmen hatte er sich eine Leine unter dem Dach angebracht, um das Horn zu betätigen. Damian war mächtig stolz auf seine Hupe.

Wenn er seine Ladung rechtzeitig loswürde, sinnierte er, wollte er noch in den Club ‚Venus' einkehren. Er hatte gehört, dass der Club in Richtung Kiel, direkt an der Straße lag.

Es waren nur wenige Kilometer hinter Bordesholm, als Damian wieder einen Gang hochschalten musste. In diesem Augenblick fing seine Kassette an zu leiern. Im Stehen drückte er hektisch die Auswurftaste, weil er ahnte, dass der Rekorder Bandsalat produzieren würde. Zu spät bemerkte Damian die Kurve. Als er das Lenkrad herumriss, war es schon um ihn geschehen. Rumpelnd blieb der LKW auf der Wiese stehen.

Damians Herz raste wie wild. Er musste sich erst einmal orientieren. Seine Knochen waren alle heil geblieben. Es war still. Er hatte den Motor abgewürgt. Die Musikkassette hing in der Luft, nur noch durch das Band gehalten, und taumelte hin und her. Regen fiel leise auf die Scheibe.

Vorsichtig startete Damian den Motor, der ohne Probleme ansprang.

„Mein liebes Autochen lässt mich nicht in Stich", verfiel Damian in ein Singsang. Automatisch kam die Prozedur, Kupplung, Gas, Kupplung, Schalten und hinsetzen. Aber der Wagen schüttelte sich nur. Das Gleiche nochmal. Kuppeln, Gas, kuppeln und Rückwärtsgang. Wieder nur das Schütteln.

Damian zog sich seine Jacke an, die auf dem Beifahrersitz lag, öffnete die Tür und sprang gekonnt aus dem

Auto. Als er zum Heck ging, konnte er erkennen, dass die Hinterräder fast bis zur Achse eingesackt waren.

Im Geiste ging Damian die Möglichkeiten durch. Ein Handy hatte er. Sollte er einen Abschleppdienst anfordern, dann würde sein ganzer Verdienst draufgehen. Ausgraben konnte er den Wagen nicht. Und Matten unter die Räder würde hier auch nichts bringen. Die würden nur durchgezogen.

Damian löste die Plane, öffnete die Heckklappe und schaute auf die Säcke.

„Ich bin zu schwer", sinnierte er. Damit meinte er nicht sich, sondern sein Auto. Er redete oft mit seinem Auto, wenn er allein war.

Entschlossen sprang er auf die Ladefläche und balancierte über die Ladung.

„Es hilft nichts, ich muss", murmelte er, „es bleibt mir nichts Anderes übrig."

Entschlossen griff er nach dem ersten besten Sack, schmiss ihn auf die Wiese und sah ihm nach, wie er mit einem dumpfen Plumps aufplatzte. Er musste sich beeilen, damit ihn keiner erwischte.

Was Damian nicht wusste, war, dass er im Renaturierungsgebiet des Kalbachs, der zum Bordesholmer See führte, gelandet war.

Nachdem er der Meinung war, dass er das richtige Gewicht erreicht hatte, sprang er von der Ladefläche und verschloss die Ladeluke wieder.

Tatsächlich schaffte er das schier Unmögliche, indem er den LKW abwechselnd vorwärts und rückwärts anfuhr, ihn nach mehreren Versuchen aus der Wiese zu befreien.

„Was werden die sagen, wenn ich mit zu wenig Ladung ankomme?" überlegte Damian.

„Ich werde antworten, dass dieser Teil der Ladung gestohlen wurde."

Damian war froh über seine gute Ausrede, es wird ja oft in Deutschland geklaut! Erleichtert fuhr Damian weiter. Er hatte sein Ziel bald erreicht.

Bei Hoffeld angekommen fand er auch seinen Abnehmer schnell. Dem Kerl schien es nichts auszumachen, dass einige Säcke fehlten. Er änderte einfach die Stückzahl auf dem Lieferschein und unterschrieb dann.

„Ich brauche von dem Zeug noch wesentlich mehr", knurrte er. „Viel mehr, und zwar schnell. Fahr zügig zurück, und bring mir das Zeug. Ich telefoniere mit deinem Zulieferer."

4

Hans Diestelhorst rastete förmlich aus. Jetzt auch noch dieser Mist. Beim Aushub für das Fundament der Biogasanlage wurde eine alte Hausmülldeponie geöffnet.

Der Alptraum hatte damit angefangen, dass er sich entschloss, seinen alten kaputten Kuhstall abzureißen. Neue Kühe anzuschaffen war ihm zu teuer. Außerdem war der Milchpreis unterirdisch schlecht. Das war auch die Möglichkeit, einen Neuanfang zu starten, weg von seinem Wohnhaus, weg von dem Gestank und dem Mist. Weg von der täglichen Arbeit mit Gummistiefeln und Mütze, von der man gerade noch existieren konnte. So hatte er sein Erspartes zusammengekratzt und ein Grundstück in Loop erworben. Der Gedanke krallte sich förmlich fest in seinem Kopf. Das Zauberwort hieß: ‚Biogasanlage'.

Also kamen die Kühe und der Kuhstall weg und eine Biogasanlage sollte her.

Wie viele andere Bauern war auch Diestelhorst stolz, an der Energiewende beteiligt zu sein - und froh über das zweite Standbein, oder auch das einzige.

Im Internet hatte er sich über die Planung einer Biogasanlage informiert. Über die Größe, Stromproduktion, Investition und Erlös, Finanzierung und Förderung, Herstellung und Wirtschaftlichkeit.

Er hatte seiner Meinung nach an alles gedacht.

Den ersten Dämpfer hatte er bekommen, als er bei der Kreditanstalt für Wiederaufbau also der KfW, seine vorbereiteten Unterlagen darlegte, um das Programm zur ‚Förderung erneuerbarer Energie' auszuschöpfen. Das Programm sagte aus, dass der Finanzierungsanteil bis zu 100% betragen kann und der maximale Kreditbetrag bei fünf Millionen Euro liegt.

Das Problem für Diestelhorst war, dass die Bundesregierung das Gesetz gerade änderte. Danach wurden große Biogasanlagen nicht mehr bis zu 100% finanziert. Der Grund: Große Anlagen verbrauchen Mais, dessen Anbau zu vielerlei Problemen führt.

Nur noch Kleinstanlagen, die hauptsächlich Gülle verwerten, sollen weiter hohe Förderung erhalten. Aber weil in Gülle viel Wasser und wenig Energie steckt, kann man damit **kaum Geld verdienen**.

Diestelhorst wusste weder vor noch zurück. Er entschloss sich weiterzumachen mit einer kleinen Biogasanlage. Er hatte dann zwar keine Kühe für die Gülle mehr, aber er hatte mit **Handschlag Schweinebauer Klaus Tönnsen** für die Lieferung von Gülle verpflichtet. Dafür sollte er die Gärrückstände aus der Biogasanlage als Düngemittel erhalten. Die Förderung der Finanzierung war nicht mehr so hoch, wurde aber durch die KfW mit der Stromgewinnung durch das Blockheizkraftwerk verrechnet.

Diestelhorst war völlig fertig mit den Nerven, als es dann endlich losgehen sollte. Die Baufirma war dabei, den Aushub für das Fundament zu erledigen, als sie eine alte Hausmülldeponie entdeckten. Der Polier und Bauleiter hatte Diestelhorst per Handy informiert und gefragt, wie es weitergehen soll. Jetzt stand Diestelhorst vor der Grube. Der Bagger, der die LKW beladen sollte, und die Planierraupe **standen** am Grubenrand und waren ausgestellt. Die Fahrer machten Pause. Diestelhorst kratzte sich am Kopf. Was sollte er machen. Er musste sich schnell entscheiden.

„Was gibt es da für Möglichkeiten", wandte er sich an den Polier, der sich den Helm vom Kopf nahm.

„Tja, ich kenne da eine Firma, die sich auf Altlastenentsorgung spezialisiert hat. Ist aber nicht billig."

Das war genau das, was Diestelhorst nicht hören wollte.

„O.k., sagte er, „ich habe da eine Idee, ich habe auf meinem alten Grundstück eine tiefe Senke, in der steht nur Wasser. Damit kann man nichts anfangen. Dort können wir den Müll zwischenlagern, bis ich weiß, wie ich weiter vorgehen kann."

Was Diestelhorst nicht erwähnte, war, dass sein Grundstück im Wasserschutzgebiet liegt. Das Wasser stand ihm buchstäblich bis zum Hals. Aber er musste sich entscheiden, und zwar schnell. Diestelhorst atmete tief durch. So musste es erst einmal weitergehen.

„Ich hab eine Landkarte in meiner Bude", sagte der Polier und deutete auf den Bauwagen, „zeigen sie mir mal auf der Karte, wo die Senke liegt."

Auf dem Weg zum Bauwagen betete Diestelhorst inständig, dass auf der Karte das Wasserschutzgebiet nicht eingetragen ist.

Die Karte war im Maßstab so groß, dass dort sogar sein Haus und der ehemalige alte Schuppen zu sehen war. Sie war schon so alt und schmutzig, dass man kaum noch die Farben erkennen konnte. Diestelhorst konnte es sich nicht verkneifen zu knurren:

„Da fehlt ja nur noch das Hakenkreuz drauf, so alt ist das Teil." Im Grunde war er heilfroh, weil er keinen Hinweis auf das Wasserschutzgebiet erkennen konnte.

„Alles klar, so machen wir das", erwiderte der Polier und stapfte aus den Bauwagen, um seine Leute zu informieren.

5

Mario starrte die Deutschlehrerin unverwandt an. Seine Mitschüler amüsierten sich über den Text, den Frau Homeier ihnen zur Interpretation aufgegeben hatte. Dass die Lehrerin Mario beauftragte, den Inhalt der Geschichte zu wiederholen, hatte nichts mit dem didaktischen Aufbau der Unterrichtsstunde oder pädagogischer Notwendigkeit zu tun, rein gar nichts. Sie wollte diesen Schüler, der sie seit einiger Zeit respektlos und abfällig behandelte, zum wiederholten Male bloßstellen. Er würde gar nicht wissen, worüber sie und seine Mitschüler fast die ganze Stunde gesprochen hatten. War mit seinem maskenhaft überlegenen Lächeln sicher ganz woanders. Aber Frau Homeier sollte sich getäuscht haben.

„Die Geschichte 'Der Willi und ich' ist von Heinrich Spoerl. Der hat auch 'Die Feuerzangenbowle' geschrieben", sagte Mario, um dann sofort mit der Inhaltsangabe zu beginnen:

„Zwei Freunde hängen ab. Dabei entdecken sie die offene Tür im Wasserturm. Keiner ist da. Sie gehen rein, klettern eine Treppe hoch und staunen von der Galerie herunter über die große Menge reinen Trinkwassers. Ihnen kommen Rachegedanken. Wenn man das Wasser verschmutzte, würden alle davon trinken müssen. Auch ihre größten Feinde. Die Chance ist einmalig: Einer steht Schmiere, und der andere pisst in das Wasser..."

„Doch nicht diesen Ausdruck! Uriniert!" fiel ihm Frau Homeier ins Wort und wandte sich an ihren Lieblingsschüler.

„Aber steht das auch so im Text, wie Mario es behauptet? Kai?"

„Nein. Der Freund spuckt nur in das Wasserreservoir. Völlig unproblematisch bei der riesigen Wassermenge...," sagte Kai, um unsanft von Mario unterbrochen zu werden:

„Aber sie haben das Wasser verunreinigt. Und wofür alles Wasser gebraucht wird, stellen die Jungs fest, und das stimmt ja auch." Mario redete sich in Rage, seine Augen blitzten:

„Kaffee und Tee. Braten und Gemüse, fast alles Essen wird mit Wasser zubereitet. Wasser wird überall gebraucht." - Nach einer kurzen Pause, in der niemand es wagte, das Wort zu ergreifen, fuhr Mario mit leiser, veränderter Stimme fort:

„Die Jungs haben eine Schwachstelle entdeckt. Einen wunden Punkt der Gesellschaft."

Da läutete es zur Pause.

Mario war einige Jahre lang Mitglied der christlichen Pfadfindergruppe im Ort gewesen. Sie hatten gesungen, über ihren Glauben diskutiert. Besonders die Freizeiten unter der Leitung von Raffael hatten ihm gefallen. Raffael hatte studiert. Er wollte Pastor werden. Und er wusste so viel. Zu jedem Problem kannte er eine Geschichte. Am Lagerfeuer spielte er Gitarre, und die Lieder fanden ihren Weg in Marios Herz. Aber dann, kurz vor Marios Konfirmation, hing ein Zettel am Schwarzen Brett im Gemeindehaus:

„Liebe Edelweisspiraten!
Ich bin aufgebrochen, den wahren, gerechten, unbestechlichen Gott zu suchen. Eurem Stamm wünsche ich alles Gute. Vergesst unseren Wahlspruch nicht: Versucht die Welt ein wenig besser zu verlassen, als ihr sie vorgefunden habt.
Raffael"

Alle Nachforschungen hatten nichts ergeben. Raffael war weg, wie vom Erdboden verschwunden. Seine Wohnung war neu vermietet, an der Uni war er abgemeldet. Mario war verzweifelt. Die Pfadfindergemeinschaft, insbesondere aber Raffael, waren seine Heimat gewesen.
Was nun?
Den Konfirmandenunterricht hatte Mario bis zum Ende durchgezogen. Aber sein Blick war kritischer geworden. Er maß das Leben rund um sich herum an dem, was die im Konfer* behandelten Texte beinhalteten. Ekel fraß an seinem Glauben, aber auch an dem fürsorglichen Leben. Wo waren die Kinder, die ihre Eltern ehrten. Wo die Eltern, die ihre Kinder im Glauben erzogen? Die Reichen wurden immer reicher. Ihre Gaben für die Armen nicht einmal ein Tropfen auf den heißen Stein. Mario beschloss, alle seine Konfirmationsgeschenke an „Brot für die Welt" zu geben. Er hörte ein Telefonat seiner Mutter, die eine Tante bat, den ihrem Sohn zugedachten Geldbetrag auf ihr Konto zu überweisen. „Ich werde

das Geld dann aufbewahren oder sinnvoll für ihn ausgeben. Diese wirre Phase wird sicher bald vorüber sein."

Da sollte Marios Mutter sich täuschen.

*

Karim bürstete den Gebetsteppich. „Ob man die auch waschen darf oder gar reinigen?" fragte er sich. Aber so verschmutzt war der Teppich in dem kleinen Raum nicht. Er war schwarz, und Karim entfernte einige auf diesem Untergrund sichtbare Flusen. Dann richtete er die Spitze der im Muster des Teppichs angedeuteten Gebetsnische nach Mekka aus.

„Was es wohl Wichtiges gibt?" Karim lächelte vor sich hin. „Der Anruf hörte sich ja an, als sollten wir morgen in den Heiligen Krieg ziehen."

Regelmäßig Freitags trafen sich die vier verschworenen Freunde in dem ehemaligen Büroraum neben der Werkstatt. Die Reparatur von Autos fand längst in modernen Hallen statt. Hier wurden nur noch Reifen und Gerätschaften gelagert. Karims Vater hatte seinem Sohn erlaubt, den Büroraum zu nutzen. Eine gangbar gemachte Notausgangstür, direkt neben dem Büro gelegen, erlaubte den Zutritt, ohne lange durch das Lager gehen zu müssen.

Karim hörte Stimmen. Offenbar hatten sich die Freunde bereits vor dem Werksgelände getroffen. Ein wenig war es wie Spießrutenlaufen, wenn man in das ehemalige Büro gehen wollte:

„Na, welche Sure* ist denn heute dran?" war noch die netteste Bemerkung, die den Arbeitern von Karims Vater einfiel.

Karim öffnete die Tür, und die drei Freunde traten in ihre eigene Welt. Er begrüßte Raffael, Mario und Claas. Claas war als letzter zu ihnen gestoßen. Erst vor einigen Monaten. Raffael hatte ihn eingeführt, dabei betont, dass Claas mit seinen umfänglichen technischen Kenntnissen für die Gruppe sehr wichtig werden könne.

„Er kennt sich mit Fahrzeugen aus, ist Elektriker und Gas- und Wasserinstallateur. Praktisch ist er exzellent, aber ohne Abschluss."

„Warum kein Abschluss? Prüfungsangst?" wollte Karim, der drei Examen in der Tasche hatte, aber trotzdem keinen Job bekam, wissen.

„Nee," grinste Claas, „ich habe eine Ordnungsphobie. Und Disziplin mag ich auch nicht. Regelmäßig arbeiten – nicht mein Ding. Wenn ich wusste, wie in dem Job der Hase läuft, hab' ich 'ne Fliege gemacht."

„Jetzt ist er freiberuflicher Erfinder", sagte Raffael.

„Ja. Stimmt. Und ich habe gute Sachen erfunden. Zum Beispiel eine Dieselvorwärmanlage. Aber keine Chance, auf den Markt zu kommen. Die Großen haben die besseren Patentanwälte."

In den Monaten seiner Anwesenheit in der Gruppe hatte Claas den Raum abhörsicher isoliert und einen Code

ausklabüstert, hinter dem sie relativ sicher Mails unter-
einander austauschen konnten.

Nach der herzlichen Begrüßung knieten die Freunde
zum Gebet nieder. Danach nahmen sie auf den flachen
Kissen an den Wänden Platz.

Raffael, der Leiter der Gruppe, ergriff das Wort. Er war
nach einem langen Aufenthalt in Syrien und im Irak
zurückgekommen. Seine Zelte in Bordesholm hatte er
abgebrochen, weil er sich zutiefst ungerecht behandelt
wusste. Der Prüfer der Prüfungskommission war als
fundamentalistischer Evangelist bekannt. Er wollte den
liberalen und beliebten Studenten zur Strecke bringen.
Und so prüfte er so lange, bis Raffael durchfiel.
„Das war kein Examen. Das war eine Hinrichtung", zog
Raffael Bilanz und fragte sich:
„Wie können Christen im Namen des barmherzigen
Gottes so gegeneinander vorgehen?"
Langsam reifte sein Entschluss. Und jetzt war er zurück.
Als Imam*. Mit einem ganz besonderen Auftrag.

Mario war zunächst erstaunt, als er von einem Prediger
zu einer Gesprächsrunde eingeladen wurde. Nachdem
der sich aber als Raffael entpuppte, war er Feuer und
Flamme. Seitdem strebte er seinem alten Vorbild wieder
nach. Mario wurde Salafist.

„Liebe Brüder!" hob Raffael seine Stimme, „Mario hat
einen genialen Einfall, eine Idee, die ihm nur von Allah
eingegeben sein kann."

Er blickte in die erwartungsvollen Augen der Gruppe junger Männer, die er zu einer Terrorgruppe formen wollte. „Aber zunächst, um euch die Richtung zu weisen, habe ich ein Video für euch. Ein Interview, das der deutsche Jürgen Todenhöfer mit einem unerschrockenen IS-Kämpfer führte. Claas, legst du die CD bitte ein."

Bald war auf dem Bildschirm der engagierte Friedenskämpfer und Publizist Todenhöfer zu sehen, umringt von finster blickenden Männern, die Kalaschnikows trugen. Einer gab deutlich zu erkennen, was er von dem Ungläubigen hielt: Er machte eine schnelle Bewegung mit der flachen Hand vor seinem Hals entlang. Das Interview wurde auf deutsch geführt. - Todenhöfers Gesprächspartner stammte aus Deutschland.

„Sie führen einen blutigen Krieg. Im Namen Allahs, des Barmherzigen."

„Ja, wir sind Kämpfer unseres Gottes. Wir töten, wer sich ihm entgegenstellt."

„Weltweit?"

„Ja, überall auf der Welt. Egal, wie viele Ungläubige dabei draufgehen."

„Auch in Europa? In Deutschland?"

„Der Kampf hat dort längst begonnen. Nicht, dass der Islamische Staat dort einmarschieren würde. Aber kleine, harte Schläge werden sich mit großen Attacken abwechseln. IS ist bereits in deinem Land. Die Uhr läuft."

Claas stellte das Gerät aus.

„Wir gehören zu den Auserwählten hier in Bordesholm. Nun zur Idee von Mario: Mario, du hast das Wort."

6

„Käthe, ich fühle mich so schlecht." Mit schwacher Stimme verlangte Gertrud Niemann nach ihrer Schwiegertochter.

Käthe Niemann war im Hühnerstall hinter der Küche beschäftigt und hörte die verzweifelten Rufe erst nach einer ganzen Weile. Oder wollte sie nur mal kurz ihre Ruhe haben? Als sie schließlich ins Zimmer von Gertrud kam, sah sie das ganze Elend:

Die 89-jährige hatte eine fahl-graue Gesichtsfarbe, die sich in den Mundwinkeln bläulich färbte. In ihrem beigen Nachthemd, eingemummelt in die weiße Bettwäsche, beides allerdings mit unappetitlichen braunen Flecken, wirkte die Alte gespenstisch. Sie war noch verwirrter und gebrechlicher als gewöhnlich.

„Wo bleibst du denn, ich rufe schon eine ganze Zeit nach dir", sagte sie vorwurfsvoll. „Ich musste so dringend aufs Klo, jetzt ist es zu spät! Erbrochen habe ich mich auch!"

Käthe in ihrer frisch gebügelten Kittelschürze nahm die Oma in den Arm und wollte sie trösten, konnte sich aber nur mit Widerwillen dazu durchringen, da ein sehr strenger Geruch von der Schwiegermutter ausging.

„Oma, was ist denn mit dir? Du bist ja völlig durchgeschwitzt. Ich rufe gleich den Doktor an, aber trinke erst mal ein Glas Apfelsaft, das ist immer gut!"

Sie ging in die Küche und holte Gertrud ein großes Glas Saft.

„So Oma, jetzt telefoniere ich mit Dr. Brinkmann und dann mache ich dich und das Bett wieder sauber."

Sie verschwand eilig in Richtung Küche. Während sie mit der Arztpraxis sprach und neues Bettzeug, Waschlappen und Handtücher aus dem Schrank holte, wimmerte die alte Niemann vor Schmerzen, ihr Leib zuckte.

„Käthe, ich muss ins Krankenhaus" schluchzte sie, als die Schwiegertochter endlich das Zimmer betrat. „Ich habe solche Bauchschmerzen."

„Aber Oma, der Doktor kommt doch gleich. Er ist bei einem Notfall in der Nachbarschaft."

Käthe holte ein frisches Nachthemd aus dem Kleiderschrank.

„Der Tochter von Familie Jagschies geht es schlecht. Bevor der Arzt kommt, mach' ich dich erst mal wieder sauber."

Behutsam zog Käthe ihrer Schwiegermutter das Nachthemd aus, wusch sie und streifte ihr ein frisches rotgemustertes Frotteehemd über.

„Das ist schön warm, damit du dich nicht erkältest. Außerdem siehst du gleich viel fröhlicher aus!"

Während sie das Bett bezog, saß die Alte völlig entkräftet in ihrem Fernsehsessel. „Wann kommt der Doktor denn endlich?" stöhnte sie. „Mir geht es so schlecht."

Käthe wollte gerade zum zweiten Mal in der Praxis anrufen, als sie die Türklingel hörte. Draußen stand der Hausarzt, Doktor Brinkmann, mit seinem großen, altmodischen Arztkoffer aus dunkelbraunem Leder.

„Es tut mir leid, dass es so lange gedauert hat. Aber ich musste die Tochter ihrer Nachbarn ins Krankenhaus bringen lassen. Und bis der Krankenwagen endlich kam…" Statt den Satz zu vollenden, wandte er sich an seine Patientin: „Na Frau Niemann, was fehlt uns denn? Ist ihnen gestern Abend ihr Gute-Nacht-Trunk nicht bekommen?"

„Ach Herr Doktor, mein tägliches Glas Rotwein trinke ich doch schon lange nicht mehr, ich bekomme nur noch Saft und Wasser", klagte sie mit schwacher Stimme, vorwurfsvoll ihre Schwiegertochter ansehend.

„Ach Oma, das ist bestimmt gesünder als dein Spätburgunder, den du ja immer reichlich genossen hast", warf Käthe ein. „Herr Doktor, ich habe ihrer Mitarbeiterin die Beschwerden von meiner Schwiegermutter geschildert. Sind sie informiert worden?"

„Ja, ich glaube schon", brummelte Dr. Brinkmann etwas abwesend. „Durchfall, Erbrechen und allgemeine Schwäche. Aber der Blinddarm ist doch schon lange draußen?"

Doktor Brinkmann nestelte in aller Ruhe in seinem großen Arztkoffer, um Blutdruckgerät, Stethoskop und Fieberthermometer aus dem Chaos herauszufinden.

„So, Frau Niemann, jetzt untersuche ich sie erst mal gründlich", schnaufte er fröhlich, den Blick noch in seinen Lederkoffer gesenkt.

Käthe Niemann war kurz in die Küche gegangen, um das Wurzelgemüse und die Salzkartoffeln für das Mittagessen aufzusetzen. So bekam keiner mit, dass der geschwächte Leib der alten Frau kurz und wild zuckte. Sie riss ihre Augen groß auf, um sie dann für immer zu schließen.

„Frau Niemann? Hallo, ist etwas mit ihnen?" Verblüfft über die plötzliche Reglosigkeit seiner Patientin fühlte der Doktor deren Puls und kontrollierte die nicht mehr vorhandene Atmung.

„Na, da hat sich der jahrzehntelange Spätburgunder-Konsum doch noch sein Opfer geholt" grummelte er in seinen grauen Bart.

„Frau Niemann, kommen sie mal bitte", rief er in Richtung Küche, als diese auch schon im Sterbezimmer erschien:

„Oh Gott, Oma, was ist denn passiert?"

„Herzliches Beileid, Frau Niemann. Ihre Schwiegermutter ist doch schneller von ihrem schweren Leiden erlöst worden, als ich dachte."

Dr. Brinkmann wollte seine aufrichtige Teilnahme äußern, als er von dem tiefen, aber dennoch aufdringlichen Alarm-Ton seines Smartphones gestört wurde. Nach mehrmaligem Brummen seines Handys drückte er genervt die Antworttaste:

„Ich höre...ja...Oh Gott, wann denn?...Ich komme gleich in die Praxis...gut, tschüss" stammelte er in sein Mobiltelefon.

Mit erschrecktem Gesichtsausdruck wandte er sich an die leise vor sich hin weinende Käthe Niemann:

„Das Mädchen ist auf dem Weg ins FEK gestorben. Ich muss sofort los. Den Totenschein für ihre Schwiegermutter mache ich heute Abend fertig und bringe ihn dann zu Eberhard Kramer. Mit dem können sie dann ja die Beerdigung regeln."

Zu diesem Zeitpunkt ging der Arzt davon aus, dass er ganz normale Arbeitstage vor sich haben würde. Doch es sollte ganz anders kommen.

7

Das Telefon läutete. Hauptkommissar Wilhelm Bielfeld erhob sich aus seinem Fernsehsessel und eilte zum Apparat. Aber bevor er das Gespräch annehmen konnte, sprang der Anrufbeantworter an. Auf dem Display sah der Kriminalbeamte, dass seine Kollegin Friedberg nach ihm verlangte. Er wartete, bis das Gerät die Leitung wieder freigegeben hatte, und stellte die Verbindung her:

„Na, habe ich dich vom Sessel hoch gescheucht?" klang Erika Friedbergs helle Stimme aus der Muschel.

„Nein, aber ich schleppe immer jemanden am Hosenbein mit durch die Bude. Puck heißt der, ein kleiner Boxer. Neun Wochen alt, aber an allem interessiert. Vor allem an meinen Hosenbeinen." Erika Friedberg lachte: „Na ja, neugierig soll ein Hund im Haushalt eines Kriminalbeamten ja sein. Wie seid ihr denn auf den Hund gekommen?"

„Das haben wir Alina zu verdanken. Und den Leuten auf ihrem Reiterhof. Da hat eine Boxerhündin geworfen, und eines der Babys war Alinas größter Wunsch zu ihrem zehnten Geburtstag."

Wilhelm Bielfeld war nach glücklicher Scheidung eine neue Bindung eingegangen. Gemeinsam mit Dagmar Borgard, einer Friseurmeisterin, hatte er ein Haus in Flintbek bezogen. Zum Haushalt gehörte Dagmars Tochter, Alina, und jetzt Boxerwelpe Puck.

Bielfeld wehrte den Boxer ab, der sich an seinem Hosenbein aufrichtete und mit den scharfen Krallen einen Zipfel seiner Strickjacke zu erreichen suchte.

„Na, dann habt ihr ja wohl genug zu tun. Ist der Kleine denn schon stubenrein?"
Bielfeld spürte, wie seine Kollegin am anderen Ende der Leitung die Nase rümpfte.
„Meistens", antwortete Bielfeld, „...du wolltest dich doch sicher nicht nach dem Hund erkundigen?"

„Nein, es geht um Wasser. Trinkwasser. Hier in Bordesholm sind einige merkwürdige Krankheitsfälle aufgetreten. Vom Fischsterben im See hast du vielleicht gelesen?"

„Ja, habe ich. Aber ich habe nicht daran geglaubt, dass das ein Fall für uns... - Moment bin gleich wieder da..."

Erika Friedberg hörte:
„Puck, nein, Puck, aus...!"
Dann ein Klirren und den Ruf ihres Kollegen:
„Dagmar, Dagmar, kommst du bitte mit einem Lappen?"
„Hat er gepinkelt?"
„Nein, mein Bier vom Couchtisch... Puck, komm her, nicht da reintreten!"
„Sperre ihn doch auf die Veranda."
„Mach ich. Ich muss auch noch weiter telefonieren."

Eine Tür klackte und dann hörte Erika Friedberg wieder die vertraute Stimme:

„So, da bin ich wieder. Wo waren wir stehen geblieben?"

„Trinkt Puck Bier?" lachte die Kommissarin.

„Geleckt hat er. Würde wohl gerne. Er hat das Glas umgestoßen. Der Tisch ist auch sehr flach."

„Ich merke schon, der Kleine hält euch in Trab. Schläft er wenigstens nachts durch?"

„Wenn wir sehr spät ins Bett gehen – und sehr früh aufstehen, dann schläft er durch."

„Du Ärmster. Aber das ist selbst verschuldet. Beim Wasser hier in Bordesholm ist das ganz anders. Der Segelverein überlegt sogar, ob er den Anfängerkursus absagen muss. Mein Sohn ist schon ganz traurig."

Durch die Telefonmuschel klang ein helles, verärgertes Bellen.

„Lass uns Schluss machen. Ich komme morgen um neun Uhr nach Bordesholm, dann sehen wir weiter."

„Prima. Vielen Dank!"

Erika Friedberg schaltete das Telefon ab.

„Da hat sich der Herr Hauptkommissar ja ein schönes Problemchen ans Bein gebunden", dachte sie, setzte sich an den Küchentisch und schrieb einen Notizzettel als Grundlage für das morgige Gespräch.

8

„Nun leg' doch mal dein Handy weg, ich komme sonst zu spät zum Segelkurs."

Völlig genervt schaute der 14-jährige Finn seine Mutter an, die verzweifelt versuchte, auf ihrem neuen Smartphone die Homepage des Umweltministeriums zu finden.

„Finn, wir fahren ja gleich los. Aber wenn du weiter so drängelst, kannst du auch trotz der Hitze mit dem Rad zum Bordesholmer See fahren. Außerdem will ich sehen, was das merkwürdige Fischsterben dort zu bedeuten hat."

„Ach Mutti, nur weil dort ein paar Fischstäbchen tot im See schwimmen, schiebst du hier so eine Panik. Papi war da bedeutend cooler. Kein Wunder, dass er dich vor einem Jahr verlassen hat."

Auch wenn Erika Friedberg durch ihren Beruf als Kriminalpolizistin einen rauen Umgangston gewöhnt war, verschlug es ihr doch erst mal die Sprache. Sie schluckte dreimal runter, bevor sie mit deutlich gereizter Stimme antworten konnte:

„Spinnst du jetzt völlig, du pubertierendes Ungeheuer? Wenn sich dein Benehmen nicht sofort verbessert, wird der Segelkursus für dich endgültig gestrichen. Und zwar
unabhängig vom Fischsterben!"

Mit verbiesterten Mienen stiegen beide in den schwarzen Mini Cooper von Erika und fuhren schweigend die paar Kilometer zum Bordesholmer See.

Auf dem Grundstück des Segelvereines befanden sich schon etliche Kinder und Jugendliche, teilweise aufgeregt mit den Eltern diskutierend. Dazwischen standen – deutlich an ihrem Habitus als entspannte Frischluftfanatiker zu erkennen – die beiden Segellehrer: Philipp Schulz, der trotz seiner vierzig Lebensjahre eher an einen kalifornischen Dreamboy erinnerte: braungebrannt, mit Dreitagebart und langen blonden Haaren. Seine Berufs- und Lebenspartnerin, Kathrin Schmidt, eine süße zwanzigjährige mit frechem kastanienbraunen Pferdeschwanz war passend zum warmen Wetter mit T-Shirt und knappen Shorts bekleidet.

„Nun kommt doch erst mal rein. Da können wir in Ruhe miteinander sprechen. Und etwas zu trinken gibt es dort auch." Kathrin versuchte die aufgebrachten Eltern und ihre ratlosen Kinder ins Vereinsheim zu bewegen.

Alle blieben aber unruhig auf dem Seegrundstück stehen, einige schauten immer wieder voller Spannung auf das Wasser.

„Erzählt doch mal, woran sind die Fische denn gestorben?" wollte eine der Mütter wissen, ihre blondgelockte Tochter eng an sich gedrückt.

„Bevor die Ursache nicht eindeutig nachgewiesen ist, kommen meine beiden Zwillinge nicht auf den See!" ergänzte eine zweite Mutter.

„Liebe Eltern, liebe Kids! Die Mitarbeiter vom Ordnungsamt und die Kollegen von der Naturschutzgruppe haben bisher weder ansteckende Krankheiten bei den Fischen noch sonstige Risiken feststellen können." Philipp versuchte, etwas Ruhe ins Spiel zu bringen.

„Wahrscheinlich ist zu wenig Sauerstoff im Wasser, bedingt durch das heiße Wetter." Kathrin sprang ihrem Liebsten helfend zur Seite.

„So einen Blödsinn habe ich lange nicht gehört. Diese Temperaturen haben wir hier seit ewigen Zeiten regelmäßig im Sommer und noch nie ist ein Fisch daran gestorben!" Schwitzend meldete sich ein dicker Glatzkopf zu Wort.

„Also, mein Sohn darf auch nicht mitmachen!"

„Aber Vati, ich habe mich so auf den Segelkurs gefreut", empörte sich sein Filius.

Erika Friedberg hatte zwischenzeitlich auf ihrem Smartphone endlich die Homepage des Umweltministeriums gefunden.

„Hey Leute, hier steht etwas vom Fischsterben im See. Über irgendwelche Ansteckungsgefahren und Risiken ist aber nichts vermerkt", informierte sie zur Freude von Finn.

„Das ist mal wieder typisch, da steckt doch bestimmt die Fremdenverkehrsmafia vom DEHOGA* dahinter. Die wollen zur besten Ferienzeit keine Touristen verschrecken!" Der dicke Glatzkopf vermutete schon den drohenden Weltuntergang.

„Liebe Leute, beruhigt euch bitte erst mal. Bei unserem Opti-Kursus wird euren Kids nichts passieren. Es fällt keiner von uns ins Wasser. Und zu trinken gibt es nur Cola und Fanta, aber kein Seewasser." Philipp versuchte die Spannung zu lockern.

„Also wir führen den Kursus wie geplant durch. Und wer mit will, kommt mit zu den Booten, damit wir anfangen können."

Der Dicke und die Zwillingsmutter zogen ihre widerspenstigen Kinder zu den in der Eiderstedter Straße geparkten Autos. Andere Eltern fragten ihre Lieblinge, ob sie mitmachen wollten. Nur die kleine blondgelockte Prinzessin zeigte sich ängstlich, folgte aber schließlich den anderen Kindern, die frohen Mutes und gut gelaunt zu den Booten gingen. Sie konnten ja auch nicht ahnen, was sie erwarten würde.

Es nieselte. Hauptkommissar Wilhelm Bielfeld stand im kleinen Garten des Reihenhauses. Er hatte einen Mantel über den Schlafanzug geworfen und seine Nick-Knatterton-Mütze auf dem Kopf. Die Schlafanzughose reichte ihm bis kurz über die Knie. Seine nackten Füße steckten in Birkenstock Sandalen. Beruhigend und fordernd zugleich redete der Kommissar auf seinen jungen Hund ein:

„Braver Puck, hock dich, setz dich, feiner Hund..."

Aber der kleine Boxer tat ihm nicht den Gefallen. Er streckte und dehnte sich, um sich dann auf seine frühmorgendliche Inspektionstour zu begeben. Interessiert erschnüffelte er, was sich in der Nacht in seinem Revier abgespielt hatte. Nach und nach gingen bei den Nachbarn die Lichter an. Schließlich löste sich der Hund. Überschwänglich lobte ihn sein Herrchen, entsorgte die Hinterlassenschaft auf einer großen Schaufel in die Mülltonne und ließ den Hund über die Terrassentür in die Wohnung. Dort wartete Frauchen mit Frühstück auf Hund und Herrn. Der Kommissar öffnete die Gartenpforte und stieß einen Fluch aus. Wieder einmal steckte die Zeitung bei Regenwetter nur halb in der Zeitungsbox. Eine Hälfte war durchnässt. Das erschwerte das Zeitungslesen ungemein. Dabei passte sogar die dicke Sonnabendausgabe der „Kieler Nachrichten" mit einigen Sonderbeilagen bequem in die Box. Bielfeld hatte das selbst ausprobiert. So würde das wieder nichts mit dem Weihnachtsgeld für den Zeitungsboten!

Bielfeld breitete die nasse Zeitung auf dem Küchentisch aus und machte sich mit spitzen Fingern daran, die ‚Holsteiner Zeitung' aus dem Druckwerk heraus zu zupfen. Vorsichtig legte er die anderen Teile der nassen KN zum Trocknen über die Lehne eines Stuhles. Der Regionalteil machte mit ‚Giftwasser in Bordesholm' auf. Unter der klotzigen Überschrift befassten sich zwei Journalisten mit dem Thema. Bielfeld überflog die Artikel. Sie schienen für ihn keine neuen Faktoren zu enthalten. Die Redakteure hatten einige regionale Persönlichkeiten nach ihrer Meinung zu dem Wasserproblem in Bordesholm befragt. Der stets auskunftsfreudige Chef des Tourismusvereins fürchtete Einbußen für den Fremdenverkehr, und der Amtsdirektor beschwichtigte. Alle taten, was ihres Amtes war.

Als Bielfeld die Zeitung etwas anhob, um den feuchten Teil besser lesen zu können, sah Puck seine Chance. Mit einem Satz sprang der Welpe am Arm seines Herrchens vorbei in die Höhe, biss kräftig zu und verschwand mit einem Teil des feuchten Schriftwerkes in der Schnauze unter der Küchenbank.

„Puck, gib die Zeitung sofort wieder her!" polterte Bielfeld, lachte dann aber resigniert:

„Den Rest werde ich dann wohl auf der Wache lesen müssen. Die haben dort sicher ein trockenes Blatt. Mit Frau Friedberg zusammen. Spätestens ab heute ist die Giftwassergeschichte in Bordesholm wohl ein Kriminalfall." Hauptkommissar Bielfeld ging zum Telefon, um seine Kollegin Friedberg anzurufen. Puck lag unter der Küchenbank und kläffte das nasse Zeitungsblatt an. Dagmar Borgandt schenkte Kaffee nach.

10

„Herzlich willkommen, meine Damen und Herren, zu unserer Sitzung im Bordesholmer Rathaus! Ich freue mich über die große Beteiligung aus allen Amtsgemeinden.

Ob als Bürgermeister, Gemeindevertreter oder als interessierte Zuschauer. Wir wollen sie aus Verwaltungssicht über die aktuelle Lage hinsichtlich des Bordesholmer Trinkwassers informieren." Der Amtsdirektor versuchte, einigermaßen optimistisch und fröhlich zu wirken.

Wer ihn aber genauer kannte, konnte aus Mimik und Gestik herauslesen, wie ernst er das Thema nahm und wie angespannt er war.

„Ich eröffne die Sitzung. Wer wünscht das Wort?"

„Aber Theodor, so geht es wirklich nicht!" Ein Parteifreund, der in früheren Jahren Hauptverwaltungsbeamter in Bordesholm gewesen war, wetterte los:

„So dramatisch ist das alles doch gar nicht. Mit dieser Paniksitzung, über die ja auch die Presse berichten wird, vergrößern wir doch ohne Not die schon vorhandenen Ängste in der Bevölkerung."

Die Bürgermeister und Gemeindevertreter, die alle Plätze im großen Sitzungssaal ausfüllten, sahen mit Spannung auf die Kontrahenten.

„Lieber Kollege, wir wollen erst mal hören, was die beiden Mitarbeiterinnen vom Bauamt herausgefunden haben." Der Amtsdirektor gab das Wort an seine jungen Fachfrauen.

„Guten Tag, meine Damen und Herren!" Etwas schüchtern begrüßte die jüngere der beiden die Zuschauer.

„In der ‚Holsteiner Zeitung' vom letzten Wochenende wurde ja sehr ausführlich über unser Thema berichtet. Leider gab es in dem Artikel aber aus meiner Sicht unseriöse Spekulationen über Unglücks- und Todesfälle der letzten Wochen."

„Na, liebe Frau Kollegin, das Thema ist wohl brisant genug!" polterte ein älterer Gemeindevertreter aus Bordesholm los.

„Unsere Bürger machen sich doch völlig zu Recht große Sorgen über die Trinkwasserqualität und damit über ihre Gesundheit!"

„Klaus, nun lass doch die beiden erst mal reden!" schaltete sich der büroleitende Beamte der Amtsverwaltung ein, „diskutieren können wir doch hinterher." Wie immer blieb er die Ruhe in Person, blickte die jüngere Frau vom Bauamt aufmunternd an und diese legte zögerlich los:

„Meine Damen und Herren, wie mir das Wasserwerk Bordesholm, das neuerdings für unsere Trinkwasserversorgung zuständig sind, diese Woche nochmals bestätigt hat: Unser Trinkwasser wird regelmäßig untersucht. Die Messungen, die jede Woche stattfinden, haben keinerlei Werte ergeben, die nicht den gesetzlichen Normen entsprechen. Sie brauchen sich wirklich keine Sorgen zu machen. Irgendwelche Zusammenhänge zu den geschilderten Unglücksfällen sind nicht ersichtlich. Weder die toten Fische noch die gesundheitlichen Beeinträchtigungen der Bürger stehen in einem ursächlichen Zusammenhang mit unserer Wasserqualität. Ich würde ihnen gerne die aktuellen Messergebnisse zeigen. Sabine, fährst du bitte den Laptop hoch?"

Die ältere Kollegin fingerte hektisch an der Beamer-Bedienung herum. Man sah, dass sie ungeübt mit dieser Technik umging.

„Mensch Mädels, das kann man doch gar nicht lesen! Das ist ja das reinste Augenfutter!"

Der ältere Gemeindevertreter aus Bordesholm fand wieder einen Grund zur Empörung und rieb sich demonstrativ die Augen.

„Ich lese ihnen die Zahlen gerne vor, falls das unbedingt nötig ist." Schon deutlich gereizter fiel die Reaktion der Referentin aus. Mit gelangweilter und monotoner Stimme las sie die Zahlenkolonnen vor.

„Wie sie sehen beziehungsweise hören können, liegen alle unsere Ergebnisse im grünen Bereich, das heißt innerhalb der gesetzlich vorgeschriebenen Werte."

„Und woran sind die Fische denn gestorben? Doch bestimmt nicht alle an Altersschwäche?" Provozierend wie immer, meldete sich der stellvertretende Bürgermeister einer kleinen Umlandgemeinde zu Wort.

„Die Biologen von der Naturschutzgruppe und die Kollegen vom Ordnungsamt sowie die Mitarbeiter von den VBB sehen alle in der heißen Witterung der letzten Wochen mit dem damit verbundenen Sauerstoffmangel im Wasser die Todesursache. Mehr kann ich ihnen leider nicht dazu sagen."

„Liebe Kolleginnen, schaut euch doch bitte mal die Nitratwerte in den Untersuchungen genauer an." Die Grünen-Vorsitzende begann eine ihrer üblichen Endlosreden, etwas argwöhnisch von den anderen Teilnehmern beobachtet.

„Die zulässige Höchstmenge von 50 Milligramm Nitrat pro Liter Trinkwasser wird zwar nicht überschritten, die Werte sind aber im Laufe der letzten Wochen zunehmend schlechter geworden. Und wie wir alle wissen, kann aus dem Nitrat das hochgiftige Nitrit entstehen."

„Mädchen, komm in die Puschen! Was willst du uns sagen?" Ungeduldig wurde sie von einem älteren Dorf-Bürgermeister unterbrochen.

„Was ich euch sagen will? Aus machtpolitischer und wahltaktischer Rücksichtnahme lasst ihr die Landwirte in Ruhe, die mit ihrer Gülle die Trinkwasserqualität und damit unsere Gesundheit gefährden. Wenn weiterhin immer größere Mengen von Gärresten aus den Biogasanlagen dazukommen, werden die Werte immer schlechter. Ich denke da besonders an die gewerblichen Schweinezüchter, die meines Erachtens mit dem Landwirt aus früheren Zeiten nichts mehr gemeinsam haben."

„Willst du uns jetzt wie die grünen Spinner aus Berlin auch den Fleischverzehr verbieten?" Schweinezüchter Klaus Tönnsen, der in den Zuschauerreihen saß, fühlte sich persönlich angegriffen und rief dazwischen:

„Ohne unsere Finanzkraft wären die Dörfer hier doch alle tot!"

„Aber meine kleine Jane ist tot! Wahrscheinlich durch deine Schweinescheiße, die im Trinkwasser gelandet ist!" Völlig empört und aufgebracht stand Mick Jagschies, der Vater der verstorbenen Jane, von seinem Sitz auf. Bevor er auf den in der Reihe vor ihm sitzenden Tönnsen losstürmen konnte, schaltete sich der Amtsdirektor ein:

„Wir sollten in Anbetracht der ernsten Lage bitte wieder sachlich werden. Sie setzen sich bitte sofort wieder hin!" Jagschies zeigte deutlich seine Unruhe, setzte sich aber auf seinen Stuhl.

„Gibt es noch Vorschläge aus ihren Reihen, wie wir jetzt verfahren wollen? Werner bitte!"

Ruhig und vernünftig wie immer nahm der Bürgermeister von Brügge Stellung:

„Die festgestellten Werte sind meines Erachtens sehr bedenklich und sollten weiterhin beobachtet werden. Ich bin zwar Techniker und kein Mediziner, glaube aber, dass wir die Bevölkerung beruhigen sollten. Eine Panikmache wäre jetzt völlig unsinnig."

„Wäre es möglich, die Wasserwerke zu überzeugen, die Messungen der Wasserqualität mindestens zwei- bis dreimal die Woche durchzuführen?" Der Vorsitzende von der Naturschutzgruppe, der im Publikum saß, versuchte einen Kompromissvorschlag.

„Und weitere tote Fische sollten zukünftig von zwei unabhängigen Gutachtern untersucht werden."

„Ich halte diese Ideen für sehr vernünftig. Die Ergebnisse sollten dann aber auch in der ‚Holsteiner Zeitung' und in der ‚Bordesholmer Rundschau' an vorderster Stelle veröffentlicht werden. Dafür will ich mich mit Nachdruck einsetzen", sagte der Amtsvorsteher. Da die meisten Bürgermeister und Gemeindevertreter müde von der langen Diskussion waren und einige gerne das Champions- League- Halbfinale im ZDF ansehen wollten, gab es keinerlei Widerstand mehr gegen diesen

Vorschlag. Der Amtsdirektor beendete diese Sondersitzung:

„Denken sie daran, man muss kein Leitungswasser trinken. Wein und Bier sollen auch gut schmecken!"

Fast alle ließen sich durch diese Worte bewegen, nach Hause zu gehen. Nur zwei nicht: Klaus Tönnsen und Mick Jagschies.

„He du kleiner Stinker, wage es nicht, mich noch einmal anzumachen. Ich bin schon mit anderen Kalibern fertig geworden!" Der Rathausplatz war menschenleer. Tönnsen straffte seinen Riesenkörper und ging auf den bedeutend kleineren Jagschies zu.

„Willst du mich auch noch tot machen? Meine kleine Jane hast du ja schon auf dem Gewissen! Und das zahle ich dir heim!" Mit dem Mut der Verzweiflung ging Mick in eine boxerähnliche Körperhaltung. Bevor er aber seine schmächtige Rechte bei Tönnsen landen konnte, hatte dieser ihn mit seinen langen Armen auf Distanz gehalten.

„Du stinkige Schmeißfliege, ich warne dich zum letzten Mal, wenn du nicht sofort aufhörst, werde ich dich so vermöbeln, dass du nicht mehr weißt, ob du Männlein oder Weiblein bist!" Tönnsen war kurz davor, seine Beherrschung zu verlieren.

„Du verdammter Schweinebaron, ich mach' dich fertig!" Mick versuchte nochmals, den völlig aussichtslosen Kampf aufzunehmen und stieß seinen rechten Fuß in den Unterleib von Tönnsen. Dieser griff reaktionsschnell zu und drehte mit einer kraftvollen Bewegung den Fuß einmal vor und zurück. Das Brechen des Fußgelenkes war bis zum Büro der Provinzial zu hören. Da war aber natürlich keiner mehr um diese Uhrzeit.

Tönnsen ging mit erhobenem Haupt zu seinem Mercedes Geländewagen und fuhr mit hoher Geschwindigkeit nach Hause.

Mick saß heulend vor Schmerz und Zorn auf dem Boden und schrie in die einsame Nacht:

„Wir sehen uns wieder! Und dann Gnade dir Gott! Du wirst büßen, so wahr ich meine kleine Jane liebe!"

11

„Mit sonorer Stimme begrüßte der Geschäftsführer des Wasserwerks die anwesenden Bürgermeister und Gemeindevertreter des Amtes:

„Meine Damen und Herren, herzlich willkommen im Hotel Carstens zu unserem jährlichen Grog- und Klönabend! Sie kennen sicherlich alle den bekannten Spruch über die Herstellung von Grog: Rum mut, Zucker kann, Water bruukt nich. Und ich kann ihnen versichern, dieser Spruch ist älter als die aktuelle Diskussion über unser Bordesholmer Trinkwasser. Dieses ist und bleibt weiterhin von hervorragender Qualität. Sehen sie selbst!“

Unter den teilweise erstaunten, aber auch belustigten Blicken der Zuschauer nahm Herr Teske einen großen Schluck aus einem noch größeren Wasserglas.

„He lögt, da is Kööm bin!“ rief einer der Bürgermeister in den Saal.

„Und der ist bestimmt bekömmlicher als unser Giftwasser“, ergänzte sein Stellvertreter.

„Ich muss sie da leider enttäuschen. Nach reichlichem Korngenuss habe ich schon mal einen dicken Kopf oder die Porzellankrankheit, sprich erhebliche Magenprobleme bekommen. Von unserem Trinkwasser noch nie.“ Rüdiger Teske reagierte mit Humor auf die Zwischenbemerkungen.

„Gestatten sie mir, dass ich ihnen vor dem Essen einige Informationen zu unserem Wasserwerk liefere. Sie dürfen währenddessen gerne den Grog genießen, den die Damen und Herren vom Hotel Carstens servieren.

Wie die meisten Wasserwerke bereiten wir nur Grundwasser und kein Oberflächenwasser zu Trinkwasser auf. Moderne Anlagen wie die unsere arbeiten nach dem sogenannten (n-1)-Prinzip. Das bedeutet, dass durch den zweistraßigen Aufbereitungsbetrieb eine uneingeschränkte Wasserversorgung gewährleistet ist, selbst wenn eine oder mehrere Aufbereitungsstufen einer Straße ausfallen sollten."

„Aber die Fische im See und die in der Presse genannten Personen sind trotzdem gestorben. Da stimmt doch etwas mit dem Wasser hier nicht!" Angeregt vom vierten Grog in kurzer Zeit meldete sich ein Dorfbürgermeister zu Wort.

„Und die Erklärungen, mit denen wir gestern im Rathaus für blöd verkauft werden sollten, glaubt doch auch kein Mensch." Sein Kollege und Parteifreund aus dem Nachbardorf pflichtete ihm eifrig bei.

„Meine Damen und Herren, ich werde ihnen nach dem Essen Unterlagen zur Verfügung stellen, aus denen unsere Sicherheitsmaßnahmen hervorgehen. Unter anderem die regelmäßigen Laboruntersuchungen…"

„Was nützt das alles, wenn in der Zwischenzeit irgendwelche islamistischen Terroristen unser Wasser vergiften?" unterbrach ihn der erste Dorfbürgermeister, der trotz seiner Wasserangst mittlerweile den fünften Grog trank.

„Heinrich, du liest zu viel Bild-Zeitung. Oder auch zu viel Bauernblatt." Die Grünen-Vorsitzende meldete sich zu Wort.

„Wie ich schon gestern – leider wohl vergeblich – versucht habe, euch deutlich zu machen: Wir sollten das Gülleproblem genauer untersuchen, meines Erachtens sind die Landwirte schuld an der schlechten Wasserqualität. Ob im Bordesholmer See oder in den Leitungen."

„Sie nun wieder. Mensch Mädel, hat dich ein Bauernjunge mal in der Tanzstunde abblitzen lassen? Oder warum wetterst du immer so gegen uns Landwirte?" Geflügelzüchter und Gemeindevertreter Karl-Heinz Feldmann aus Groß-Buchwald brachte seine gefürchtete Ironie ins Spiel.

„Meine Damen und Herren, so kommen wir doch wirklich nicht weiter!" Geschäftsführer Teske rang um die Gesprächsführung.

„Die meisten von ihnen waren doch gestern bei der Sondersitzung des Amtes. Sie haben sich doch auf konkrete Maßnahmen geeinigt, die wir vom Wasserwerk gerne durchführen wollen."

„Aber die reichen keinesfalls aus. Wir haben doch Sicherheitsdienste vor Ort. Können sie nicht mit denen eine strenge Bewachung des Wasserwerkes vereinbaren, damit wenigstens die Terrorgefahr gemindert wird?" Ein CDU-Gemeindevertreter aus Bordesholm versuchte einen konkreten Vorschlag zu machen.

„Ach Volker, diese waffenstrotzenden Glatzköpfe, die sich geprüfte Fachkräfte für den Sicherheitsdienst nennen, sind doch zu einfältig, um unser Trinkwasser zu schützen. Außerdem sind die ersten Schäden schon passiert, ohne dass ein terroristischer Anschlag ersichtlich ist. Wir sollten wirklich die Landwirte und ihr Entsorgungsverhalten unter die kritische Lupe nehmen." Die Grünen-Vorsitzende ließ nicht locker.

„Außerdem lieber Karl-Heinz: Mein Lieblingstänzer und Abtanzballpartner war ein netter Medizinstudent aus Kiel!"

„Und der konnte so schöne Doktorspiele!" Unser Grog-Liebhaber war mittlerweile bei seinem siebten Glas angekommen, und seine Stimme klang schon entsprechend fröhlich.

„Wer hatte die Remouladensoße zum Roastbeef?" Die erste Kellnerin kam mit dem reichlich gefüllten und heiß ersehnten Tablett in den Saal.

„Ich wünsche ihnen allen einen guten Appetit und weiterhin fröhliche Gespräche!"

Rüdiger Teske war die Freude anzusehen, dass er die lästige Diskussion endlich beenden konnte.

12

Hauptkommissar Bielfeld behauptete die Macht. Eisern hielt er die Fernbedienung fest, obwohl seine beiden Frauen den unverzüglichen Programmwechsel forderten.

„Nur diesen Bericht noch. Zwei Minuten. Und hört zu. Es geht auch uns an!" sagte er.

Auf dem Bildschirm wimmelten Menschen, meist Kinder, mit gelben und weißen Kanistern. Die Kamera fuhr tief in einen Brunnen hinein, aus dem Wasser geschöpft wurde. Strahlend zogen Kinder mit gefüllten Kanistern auf den Schultern ab. Der Reporter berichtete:

„Dieses ist der einzige Brunnen in dem zur Zeit heiß umkämpften Aden. Wer sich von den Kriegshandlungen fern halten kann, leidet unter Wassermangel." Dann wandte der Sprecher sich anderen Problemen der gebeutelten Stadt in Jemen zu:

„Über fünfhundert Menschen starben bei Kämpfen. Schiitische Huthi-Milizen griffen den Hafen der Stadt an. Die Situation der Zivilbevölkerung spitzte sich immer mehr zu. Aber das Hauptproblem blieb das Wasser."

„Seht ihr", lachte der Hauptkommissar, als er die Fernbedienung rausrückte, „...wie wichtig das Wasser ist. Allein zum Duschen brauchen wir zwanzig Liter. Aber wir können uns das leisten – noch. Wenn da niemand dazwischenfunkt."

„Was meinst du damit?" fragte Alina.

„Tja, irgend etwas ist mit dem Wasser in Bordesholm in letzter Zeit nicht in Ordnung. Stand heute in der Zeitung, aber die hat Puck ja gelesen. Wir werden ermitteln, morgen ist Lagebesprechung…" Er zögerte, und seine Frau fuhr ihm ins Wort:

„Aber nein! Nicht schon wieder! Wie habe ich mich auf den Urlaub gefreut. Rom, den Vatikan, den neuen Papst – wird das alles wieder nichts?"

Wilhelm Bielfeld zog seine Frau zu sich heran:

„Noch ist es nicht entschieden. Aber ich will nicht beschönigen: Es sieht so aus. Da müssen Leute mit Kenntnissen von Ort und Menschen ermitteln. Wie die Friedberg und ich."

„Und ich war froh, dass sich meine Schwester um Puck kümmern wollte."

Puck, der in seinem Körbchen schlief, hatte seinen Namen gehört, schlug die Augen auf und gähnte herzhaft. Alle lachten, was den Welpen munter machte.

„Ich mache schon", sagte der Hauptkommissar, griff nach Mantel und Mütze, die auf einem Sessel bereit lagen, und beeilte sich, den jungen Hund in den Garten zu lotsen. Wenn Welpen aufwachen, dauert es in der Regel nicht lange, bis sie pinkeln.

13

Das aufgeregte Gebrummel der Landwirte war auf dem Flur des Polizeipräsidiums deutlich zu hören.

„Was die wohl so kontrovers diskutieren?" fragte Kommissar Bielfeld seine Kollegin Friedberg, bevor beide schwungvoll in den Sitzungsraum eintraten, in dem die acht Bauern aus dem Bordesholmer Land auf den unbequemen Holzstühlen Platz genommen hatten. Zwei hatten eine auffallend blass-fahle Gesichtsfarbe, für Landwirte in der Sommerszeit eher ungewöhnlich. Ein kleiner Schmächtiger hatte hektische rote Flecken im Gesicht.

„Ob die etwas zu verbergen haben?" überlegte Bielfeld.

Mit einem fröhlichem „Moin allerseits" begrüßte er seine Gäste.

„Sie haben ja sicherlich aus der Presse vom Fischsterben im Bordesholmer See und auch von einigen ungeklärten Krankheitsfällen in ihrer Region gehört?"

„Aber was haben wir damit zu tun? Bei der Wetterlage habe ich als Landwirt wichtigeres zu erledigen, als mir hier den Mors breit zu sitzen", warf Hans-Werner Meyer ein.

„Der ist ja auch schon breit genug. Aber das hat uns bestimmt unsere grüne Freundin aus Bordesholm eingebrockt." Klaus Tönnsen brachte seine Lieblingspolitikerin ins Spiel.

„Die findet doch immer etwas, damit gegen uns ermittelt wird."

„Meine Herren, hier hat ihnen niemand etwas eingebrockt. Gegen sie wird auch in keiner Weise ermittelt.
Ich möchte nur zusammen mit meiner Kollegin Erika
Friedberg, die ich ihnen hiermit vorstellen möchte, untersuchen, ob zwischen der Gülleentsorgung und den
genannten Vorfällen irgendwelche Zusammenhänge
bestehen könnten. Entsprechende Verdachtsmomente
wurden schließlich in der Öffentlichkeit geäußert."

„Meinen sie damit etwa diesen durchgeknallten Möch-
tegernrocker, der mir den Tod seiner Tochter in die
Schuhe schieben wollte?" Tönnsen war schon wieder
auf Zinne.

„Meine Herren, lassen sie mich bitte Folgendes feststellen: Die Laboruntersuchungen des Wassers und der
toten Fische laufen noch. Die Obduktion der gestorbe-
nen Jane hat noch kein eindeutiges Ergebnis erbracht.
Wir ermitteln in verschiedene Richtungen." Erika
Friedberg versuchte Ruhe ins Gespräch zu bringen.

„Und was ist, wenn die Laborergebnisse für uns belas-
tend sein sollten? Was passiert dann?" Gerhard Rixen
wippte aufgeregt mit seinen Füßen:

„Ich habe damit jedenfalls nichts zu tun!"

„Gerhard, was soll das denn jetzt heißen?! Willst du uns
etwa irgendwas unterstellen?"

Auch Krischan Hansen kam langsam aber sicher auf
Betriebstemperatur.

„Herr Rixen?" Bielfeld schaute zur Kontrolle auf seinen
Spickzettel. „Herr Rixen, was meinen sie mit ihrer Bemerkung, dass sie jedenfalls nichts damit zu tun haben
würden?"

„Ich meine damit ja bloß, dass ich kaum Rindviecher habe und damit nur wenig Gülle entsorgen muss, viel weniger jedenfalls als meine sieben Kollegen hier." Ängstlich den Blick von den anderen Landwirten abgewandt, versuchte Rixen, das rettende Ufer in Form der beiden Kommissare zu erreichen.

Erika Friedberg bemerkte seine Nervosität, aber auch die gereizte Stimmung bei Tönnsen, Hansen, Meyer und den anderen vier, die bisher allerdings noch geschwiegen hatten.

„Ich werde mich nächste Woche, wenn wir die Untersuchungsergebnisse vorliegen haben, bei ihnen allen persönlich melden. Eventuelle weitere Gespräche werden wir dann einzeln bei ihnen zuhause führen. Für heute bedanke ich mich bei ihnen für ihre Hilfe. Auf Wiedersehen!" Frau Friedberg verabschiedete jeden Landwirt einzeln mit Handschlag, während Bielfeld es bei einem allgemeinen „Tschüs, bis zum nächsten Mal" beließ.

„Ich bin mal gespannt, was sich da noch abspielt. Die Jungs wirken etwas angepestet." Erika Friedberg schaute konzentriert aus dem Bürofenster auf den Parkplatz, wo dem die sieben Landwirte sich eng um den armen Rixen scharten. Dieser blickte hilfesuchend in Richtung Präsidium.

„Ja schade, dass wir nicht verstehen können, was da gesprochen wird. Und da werfen die Leute uns immer vor, dass wir in einem Abhörstaat leben würden." Auch Bielfeld zeigte deutlich sein Interesse an dem Geschehen.

„Da kommt bestimmt noch Arbeit auf uns zu." Er konnte zu diesem Zeitpunkt nicht ahnen, wie recht er damit haben sollte.

14

„Wollen wir spazieren gehen?" rief Hilde die Treppe zum Keller runter.

„Mit wem redest Du?" antwortete Herbert von oben.

„Ach so, ich dachte du bist unten in deinem Büro, wollen wir spazieren gehen?" wiederholte sie.

„Warum?"

„Na ja, es ist endlich schönes Wetter, und die Sonne scheint. Mal frische Luft atmen."

Eigentlich hatte Herbert nicht wirklich auf ihre Argumente gewartet, zumal er sie schon kannte. Er mochte einfach diese Wortspielereien.

„Wo willst du denn gehen?" fragte Herbert, obwohl er die Antwort schon kannte.

„Wo du willst", kam sie auch prompt.

„Oh man", stöhnte er, „mach schon ein Vorschlag."

„Bordesholmer See?"

„Da kenn ich schon jede Kurve mit Vornamen", antwortete Herbert gedehnt. Es war für ihn immer ein Angang, sich zu einem Spaziergang zu überwinden. Nachher war er dann froh, etwas getan zu haben.

„Als Norddeutscher hat man ja auch eine Affinität zu Wasser. Es gibt einen Weg in Bordesholm, der am Kalbach entlang führt."

„Kalbach, wo ist der denn?"

„Das ist der einzige Zufluss zum Bordesholmer See, parken können wir gegenüber vom Second Hand Laden ,Urtes Werkstatt'.

„Typisch", dachte Herbert, „jeder Pastor erklärt einem den Weg, von einer Kirche zur nächsten Kirche, der Alkoholiker von Kneipe zu Kneipe und Frauen von Schuhladen zu Schuhladen, oder eben von dem was für Frauen wichtig ist.

„O.K.", überwand er sich zu sagen, „immerhin sind wir da noch nicht gewesen, lass uns dann mal fahren."

Der Parkplatz war ziemlich voll, aber Spaziergänger waren keine zu sehen.

„Fünfzig Meter Richtung Kloster und dann rechts ab, in die Kirchhofallee. Von da ab geht's parallel zum Kalbach", wurde Herbert informiert.

Die Straßen wurden immer kleiner, und mittlerweile hieß sogar die Straße, auf der sie gingen, ‚Am Kalbek'. Gesehen hat er den Bach aber noch nicht. Nachdem sie die letzten Häuser von Bordesholm hinter sich gelassen hatten, schauten sie rechts über weite Felder die in einer Hügellandschaft eingebettet lagen. Ihre Augen machten Urlaub. Sie mussten kurz rechts ins Gras gehen, um einen Milchlaster vorbeizulassen. Der Fahrer grüßte freundlich. Sie waren auf dem Lande.

„Was macht der eigentlich, wenn ihm ein anderer Laster entgegenkommt?" wurde Herbert gefragt.

„Na, ich nehme an, der grüßt ihn freundlich."

„Du Doofi du."

Die informative Unterhaltung wurde eingestellt.

Links von der Straße begann ein mooriges Gebiet. Kleine Teiche, in denen Bäume und Sträucher im Wasser standen. Wild durcheinander wachsendes Gras. Jetzt konnten sie auch den Kalbach erkennen. Er war hier gut einen Meter breit. Eine Weile begleitete er sie, um kurz vor der Landstraße 49, die von Bordesholm nach Nortorf führt, in einer unterirdische Röhre zu verschwinden. Auch die kleine Straße, auf der sie gingen, führte durch einen Tunnel unter der L 49 hindurch. Links tauchte ein Bauernhof auf. Ein Straßenschild informierte, dass sie in Hoffeld angekommen waren. Es stank fürchterlich aus einer Jauchekuhle. In einem großen Stall konnte man Kühe erkennen, die wirklich keinen Schönheitswettbewerb gewinnen würden.

„Sie müssen ja nicht unbedingt ein rosa Schleifchen um den Hals tragen, aber einigermaßen sauber könnten sie schon sein", meinte Herbert. Auch hinter dem Tunnel gegenüber dem Bauernhof lagen weitere unbestellte Felder, die nur von einem Knick unterbrochen waren. Wahrscheinlich fliest der Kalbach dort in die Röhre und weiter oben am Ende des Knickes ist die Quelle. Mitten auf dem Feld, welches mit Gülle gedüngt wird. Weiter hinter dem Knick konnte man einen auffälligen Berg, oder besser einen Hügel erkennen, der eigentlich nicht in die Landschaft passte. Die kahlen Felder und mittendrin ein mit Gras, Sträuchern und Bäumen bewachsener Hügel.

„Wie weit wollen wir noch gehen?" fragte Herbert, um sich gleich auf die Lippe zu beißen. Das war die falsche Frage.

„Ich weiß nicht wie weit du willst, aber ich möchte den Weg hier weitergehen, und dort hinten rechts hinter dem Hügel wieder Richtung Bordesholm." Herbert war überstimmt und fügte sich seinem Schicksal. Tatsächlich bogen sie zweimal rechts ab und kamen wieder in bekanntes Gefilde. Sie gingen jetzt parallel zur Kieler Straße Richtung Bordesholm, als sie mehrere Autos vor dem Hügel erkannten. Neugierig geworden machte Herbert deshalb den Vorschlag:

„Wollen wir nicht mal dort zu dem Hügel?"

„Aber hier auf dem Schild steht doch ‚Privatweg nach zweihundertfünfzig Metern'."

„Ja und? Gehen wir erst einmal zweihundertfünfzig Meter und dann sehen wir weiter." Sie gingen. Nähergekommen, sahen sie, dass dort mindestens zehn Autos aus Flensburg, Schleswig, Ratzeburg und sogar aus Hamburg standen. Geräte steckten im Boden. Einen Metalldetektor konnte Herbert ausmachen. Die Leute grüßten freundlich.

Einige Steinstufen führten zur Spitze des Hügels. Ein Schild vor den Stufen informierte sie, dass das hier ein Archäologisches Denkmal, ein Grabhügel und Urnenfriedhof, mit Namen ‚Brautberg' ist. Oben angekommen hatten sie einen herrlichen Ausblick. Sie konnten fast den gesamten Weg erkennen, den sie gekommen waren.

„Du sag mal, was sind das für ‚Dingsda'?" Mit Dingsda konnte Herbert nichts anfangen, außer, das ihm der Spruch einfiel, seitdem ich das Wort ‚Dingsda' kenne, kann ich alles erklären.

Herbert folgte mit seinen Augen der Richtung ihres Zeigefingers und tatsächlich, irgendetwas Weißes lag dort neben der Straße auf dem Feld vor dem Knick, in dem der Kalbach entspringt.

„Lass uns mal nachgucken, was das ist. Der Weg geht ja noch weiter und endet an der Hauptstraße." Die letzten Meter legten sie im Gras zurück. Sie hatten ihre alten Schuhe an, da macht es nichts, wenn die nass wurden.

Nähergekommen, sahen sie, dass es aufgeplatzte Plastiksäcke waren. Kurz bevor die Leitplanken der Straße anfingen, führten Reifenspuren auf die Wiese. Einige Äste von Sträuchern, die dort standen, waren abgebrochen.

„War das ein Unfall, oder ist hier einer absichtlich abgebogen, um seinen Müll loszuwerden?" fragte Hilde.

„Das war bestimmt ein Unfall, absichtlich fährt hier keiner in die Wiese. Die ist zu sumpfig und es besteht die Gefahr, dass das Auto nicht wieder herauskommt."

Teilweise hatte sich der Inhalt der Säcke durch den Regen aufgelöst.

„Sag mal, was ist denn das für eine Kennzeichnung auf den Säcken, ‚T+'?"

„Das ist irgendeine chemische Bezeichnung. Ich denke, wir müssen die Polizei informieren."

Endlich konnte Herbert sein Handy ausprobieren. Er wusste eigentlich nicht so genau, warum er eins gekauft hatte. Wahrscheinlich, weil alle anderen auch eins haben. Er tippte 112 und wurde, nachdem er berichtet hatte, von einer Frauenstimme gebeten, bis zur Ankunft der Polizei am Tatort zu warten. Herbert hatte das Gefühl, das ihm seine nasskalten Füße im Bauch standen, als endlich das Polizeiauto vor ihnen hielt.

Die Polizei nahm ihre Personalien auf und fragte, was sie hier zu suchen hatten. Na gut, es war schon etwas merkwürdig, was sie hier neben der Straße ohne Fußweg auf der nassen Wiese machten. Sie waren eben neugierig.

Die Polizisten sahen sich den Tatort genauer an und entdeckten Reifenspuren.

„Das muss ein Laster gewesen sein, hier sind Spuren von Zwillingsreifen, die sehr tief eingesackt waren", sagte einer der Polizisten, der auch noch Schmidt hieß. Wenn der Laster nur fünf Meter weiter gefahren wäre, dann wäre er in den Leitplanken gelandet und nicht auf der Wiese."

„Und in den Säcken sind unbekannte Chemikalien, die giftig sein könnten."

„Möglicherweise hat das auch was mit dem Fischsterben im Bordesholmer See zu tun, immerhin ist hier das Renaturierungsgebiet des Kalbaches", mutmaßte der andere Polizist. „Das geben wir weiter an die Kripo. Die soll den Fall verfolgen. Wahrscheinlich geben sie dem Ordnungsamt den Auftrag, den Inhalt der Säcke von einem Labor in Kiel zu bestimmen."

„Die Spusi der Kripo macht bestimmt noch Gipsabdrücke von den Unfallspuren. Hier kann man deutlich erkennen, dass ein Reifen völlig ohne Profil ist", erwiderte Schmidt.

„Das Einzige, was wir noch machen können, ist, die umliegenden Höfe zu befragen, ob jemand das Zeug bestellt hat. Das machen wir aber erst, wenn wir vom Ordnungsamt Bescheid bekommen, womit wir es hier zu tun haben", ergänzte Schmidt.

Herbert und Hilde wurden entlassen, und konnten zusehen, wie sie wieder auf ihren Weg kamen. Am besten auf der Straße entlang ohne Fußweg, an der Brücke runter, wo der Kalbach in der Röhre unter der Landstraße verschwand. Als sie zurückschauten, sahen sie noch, wie Schmidt den Unfallort mit einem breiten Plastikband absicherte und sein Kollege telefonierte.

Herbert hatte seinen Soll an Spaziergang für heute er-
füllt und freute sich schon auf zu Hause, wo er seine
nassen Schuhe ausziehen konnte.

15

Der Ansturm war riesig. Viele wollten sich die Attraktionen, die anlässlich der Eröffnung des neuen Wasserwerkes geboten wurden, nicht entgehen lassen. Die Zufahrt war trotz der auf Feldern ausgewiesenen Parkplätze verstopft; sogar an der L 49 waren Fahrzeuge in den Randstreifen abgestellt. Auch der Vorsitzende des örtlichen Gewerbevereins war neugierig. Mit seinem Hund am Fahrrad bewegte er sich durch das Getümmel auf das große Portal des Wasserwerkes zu. Als er notgedrungen vom Fahrrad stieg, wurde er angesprochen: „Na, wo old is de niege Hund denn? Löppt ja ganz good an`t Rad."

„Meist dree Johr is Schröder dot", antwortete der Radfahrer.

Beide Männer blieben vor einem gleich hinter dem Eingangsportal sorgfältig aufgestapelten Turm aus Wasserflaschen stehen.

Preisvergleich
150 Halbliterflaschen Mineralwasser vom Discounter
30 €
1 Kubikmeter Wasser mit Mineralwasserqualität aus
unserem neuen Wasserwerk 1,69 €
Sie sparen 28,31 € oder 94,96 Prozent

„Mien Hund un ik, wi drinkt ja jümmers dat Water ut de Leitung. Kraanenburger seggt wi jümmers."

„Glööv ik, glööv ik. Avers blotd, wenn keen Beer för di dor is", lachte der Mann, den der Gewerbevereinsvorsitzende zwar vom Sehen kannte, dessen Namen ihm aber nicht gegenwärtig war. Mit seiner Frau hatte er, weil ihm zunehmend Namen entfielen, eine Vereinbarung getroffen: Wenn sie auf jemanden trafen, dann sprach derjenige den „Fremden" laut mit Namen an, der ihn kannte. So konnten dann beide mit der korrekten Anrede glänzen. Jetzt aber war die Frau nicht da, und es war wieder die übliche um den Namen Herumeierei.

Die beiden Männer waren auf das von frisch angesäten Rasen bedeckte Gelände des Wasserwerkes gegangen. Geruch von gegrillten Würstchen schlug ihnen entgegen. Der Hund zog deutlich in die Richtung.

„Nee, Nick, nu noch nich. Eerst mol wüllt wi kieken", sagte sein Herr, ruckte kurz an der Leine und wandte sich seinem Begleiter zu:

„Ik binn em kort an. Denn künnt wi bi de Führung mitmaaken, de dor jüst losgeiht." Nick guckte gar nicht begeistert, als er etwas abseits am Zaun angebunden wurde. Herrchen legte ihm die Hundedecke, die er immer auf dem Gepäckträger mitführte, und ein Leckerli auf den Boden. So machte der Hund brav Platz.

„Für das Wasserwerk wurden 7000 Kubikmeter Erde bewegt. Etwa 2000 Kubikmeter Beton und 220 Tonnen Stahl wurden verbaut. Eine Investition von etwa vier Millionen hat der extra dafür neu gegründete Zweckverband zu wuppen. Und dazu kommt noch das neue Verwaltungsgebäude am Moorweg. Dort haben wir uns in einem größeren Bürokomplex eingemietet-

Synergieefekte. Von dort bekommen Sie jetzt die Rechnungen für das Wasser, aber auch für das Abwasser, weil der Wasserbeschaffungsverband und der Abwasserzweckverband dort Synergien nutzen", hörten die beiden Männer einen Mitarbeiter des Wasserwerkes erklären, bevor die Gruppe in den Neubau ging.

*

Es war Freitag, und Mario war als Erster zum Treffpunkt im Büro gekommen. Seit Tagen freute er sich schon darauf, sich mit den Anderen auszutauschen. Nervös strich er mit der Hand durch sein blondes Haar. Er hatte den Auftrag von Raffael bekommen, ein paar Tüten Chips, die natürlich hala'l* sein mussten, für den heutigen Abend zu besorgen. Aufgeregt setzte er den Wasserkessel auf den Herd, um Tee zuzubereiten. Heute, hatte Raffael am letzten Freitag beim Besuch der Moschee in Hamburg angedeutet, heute wird etwas Wichtiges besprochen. Mario hatte sich vorgenommen, den Treffpunkt aufzuräumen, bevor die Anderen eintrafen. Er wischte gerade den kleinen Tisch ab, als die Tür von Claas aufgestoßen wurde. Mario unterbrach seine Gedanken, die um seine verwünschte Deutschlehrerin Frau Homeier und die Geschichte vom Wasserturm kreisten.

„Was machst du denn für ein Gesicht", plauderte Claas los, ohne sich wirklich Sorgen um Mario zu machen.

„Und wenn du schon den Kessel aufsetzt, dann wenigstens richtig in die Mitte, sonst wird das Wasser nie warm."

Typisch, dachte Mario, er muss immer den Techniker raushängen lassen.

„Und nimm deine schmutzigen Finger von den Chips, die sind für alle da!"

„Salam", tönte es von der Tür, als Raffael den Raum mit dem Friedenswunsch betrat.

„Bin ich Letzter?" Raffael drehte sich im Kreis, bevor er zu Mario kam, um ihm erst einen Kuss auf die linke und dann auf die rechte Wange zu geben und gleich danach Claas zu begrüßen. Mario fühlte sich geehrt, weil Raffael ihn zuerst begrüßte. Mario bemerkte, dass gleich eine andere Atmosphäre herrschte, wenn Raffael den Raum betrat. Mario, das Küken der Gruppe, verehrte Raffael auch, weil der schon ein Jahr im Irak gewesen war, wo er Erfahrung gesammelt hatte.

„Karim ist noch nicht da", bemühte sich Mario eher zu antworten als Claas.

Raffael setzte sich genussvoll auf einen Stuhl und griff in die Schale mit den Chips. „Typisch", lachte Raffael mit vollem Mund, „der hat als Arbeitsloser die meiste Zeit und kommt als Letzter. Was ist eigentlich mit dem Tee?"

„Der ist gleich fertig", bemühte sich Mario schnell zu erwidern. Er hatte ‚elmacay', also Apfel Tee gekocht. Ein angenehmer Duft machte sich im Raum breit.

Als Mario den Tee auf den Tisch stellte, betrat Karim den Raum.

„Wo kommst du denn her?" nahm Claas das Wort.

„Ich hatte den Auftrag von meinem Vater, meine Schwester zu beobachten, sie benimmt sich in der letzten Zeit etwas merkwürdig. Sie meint, sie kann sich alles herausnehmen. Ich glaube, sie hat einen Freund, obwohl unser Vater sie schon lange versprochen hat."

„Und?" fragten Claas und Mario wie aus einem Mund.

„Hat sie?" hakte Claas nach.

„Ja, und dann noch einen Ungläubigen, einen Deutschen, das werden wir ihr noch austreiben."

„So, Männer jetzt wird's ernst, setzt euch alle mal hin", übernahm Raffael wieder das Wort. „Ich habe etwas mit euch zu besprechen."

Die Männer nahmen Platz. Karim schenkte sich noch schnell einen Tee ein.

„Mario", begann Raffael, „Mario hat nur seine Mutter, weil sein Vater das Weite gesucht hat. Seine Mutter schuftet Tag aus, Tag ein und verdient nicht genug, um die beiden zu ernähren. Sie muss diese blöden deutschen Formulare ausfüllen, um die Miete zu bekommen. Ich finde das unwürdig. Man hat ihr die Ehre genommen und sie zum Betteln gezwungen. Mario findet Halt nur durch die Gruppe, die ich leite, indem er eine Rückbesinnung durch den Islam erfährt."

Raffael wendet sich Claas zu:

„Claas, du hast nun die drei Lehren als Elektriker, KFZ Mechaniker und Klempner abgebrochen und immer noch nicht den Beruf gefunden, der dir gerecht wird. Die schlimmste Erfahrung hast du mit deiner Erfindung gemacht. Mit Schulden musstest du sie patentieren und trotzdem wird sie ohne Skrupel kopiert, indem die Industrie eine Nichtigkeitserklärung gegen die Erfindung beim Patentamt eingereicht hat."

„Karim", erzählte Raffael weiter, „Karim hat seine Ausbildung als Betriebswirt abgeschlossen und findet trotz guter Noten, nur wegen seines Namens, keine Anstellung."

„Ich hab' die Schnauze voll", fiel ihm Karim ins Wort. „Das wäre mir in der Türkei nicht passiert."

„Nachdem ich nach 16 Semestern Theologie bei der Prüfung durchgefallen bin, nur weil mich so ein konservativer Ungläubiger aus dem Prüfungsausschuss nicht leiden konnte, habe ich mich bei den Muslimen vorgestellt. Die würden es begrüßen, wenn ich mit dem muslimischen Namen Yussuf als Vorbeter bei ihnen in der Moschee auftrete." Raffael strahlte in die Runde.

„Die wissen es zu schätzen, wenn so einer wie ich zu haben ist. Deshalb habe ich euch einen Vorschlag zu machen", setzte Raffael seine Ausführung fort, „was haltet ihr davon, wenn wir hier den Kampf gegen die Ungläubigen ausweiten, weil sie unsere Ehre nicht respektieren?"

Es war mucksmäuschenstill in dem Kellerraum. Keiner sagte was. Alle starrten ihn nur an.

Claas fand als Erster seine Worte wieder.

„Und wie stellst du dir das vor?"

„Nun ja", erwiderte Raffael, „im Irak hat man mit uns solche Szenarien durchgesprochen. Eine Bombe zu bauen ist zwar nicht so kompliziert, aber man kann rückverfolgen, wo die Zutaten beschafft wurden. Dann geht es uns an den Kragen und das möchte ich vermeiden. Es muss unauffällig und doch wirksam sein. Ich habe da zwei Möglichkeiten in Betracht gezogen."

Gespannt sahen ihn die ‚Jünger' an. Was kommt jetzt?

Raffael schaute zur Tür, um sich zu vergewissern, dass niemand hören konnte, was er jetzt vorschlagen würde.

„Eine Möglichkeit wäre, durch die Luft." Verblüfft schauten alle Raffael an.

„Na ja, Klimaanlage oder so, wir schicken irgendein Gift durch die Klimaanlage eines Gebäudes." Bevor sich jemand zu Wort meldete, fuhr Raffael fort, „bringt aber nicht viel, wegen eines Gebäudes solch ein Aufwand, und außerdem werden nicht viele davon betroffen."

„Und die zweite Möglichkeit?" übernahm Claas neugierig das Wort, weil es um sein Fachgebiet ging.

„Die zweite und effektivere Möglichkeit ist durch das Wasser", sagte Raffael und sah triumphierend seine Kameraden an. Mario erschrak, weil er die gleiche Idee schon vor einiger Zeit während des Schulunterrichtes hatte.

„Hmm", überlegte Claas, „du willst Gift in das Wassernetz bringen? Wo willst du so viel Gift herholen und wie willst du es in das Wassernetz bringen?"

„Nun", fuhr Raffael fort, „Claas du brauchst dir nur Gedanken zu machen, wie wir das Gift in das Frischwassernetz bekommen." Indem er sich an Karim wendete fuhr er fort, „du informierst dich, was in das Wasser hinein muss, um möglichst großen Schaden zu erreichen."

„Warum gerade ich?" erschrak Karim. Damit hatte er nicht gerechnet.

„Weil du gerade aus der Schule kommst, und noch am besten im Saft bist, um dich weiterzubilden."

Mario war überwältigt, Raffael schien an alles gedacht zu haben. Er ist wirklich ein guter Vorbeter. Ängstlich fragte er Raffael,

„Hast du auch für mich eine Aufgabe?"

„Ja", erwiderte Raffael, „ab nächste Woche bietet das Wasserwerk Bordesholm eine Besichtigung ihrer Betriebsstätte im Rahmen der neuen Kooperation mit den Kommunen an. Du informierst dich über die Formalitäten, damit wir vier an der Besichtigung teilnehmen können. Hat sonst noch einer Fragen?"

„Ich", erwiderte Mario, „Ich habe mein Handy hier und wir können uns viel Zeit ersparen, indem ich jetzt bei den Wasserwerken anrufe und einen Termin abmache. Triumphierend sah Mario seine Freunde an. Die haben wohl gedacht, nur weil er der Jüngste war, muss er mit kleinen Aufgaben beschäftigt werden. Tatsächlich dauerte es einen kurzen Moment, ehe Raffael sich räusperte.

„Eine gute Idee, Kleiner, mach das mal."

Mario begab sich in das Lager nebenan, um in Ruhe zu telefonieren. Er hörte die Anderen flüstern, konnte aber nicht verstehen was sie sagten.

Minuten später kam er mit leuchtenden Augen zurück.

„Wir haben einen Termin, und da Ferien sind, sollen wir am nächsten Donnerstag um zehn Uhr bei dem Wasserwerk erscheinen."

„Gut", erwiderte Raffael, „dann haben wir das schon mal geklärt. Claas und Karim kümmern sich um ihre Aufgaben, und dann sehen wir uns am Donnerstag um zehn Uhr dort."

Jeder hatte eine Aufgabe, jeder fühlte sich wichtig, und das war gut so.

*

Als Mario bei dem Wasserwerk ankam, waren die Anderen schon da. Sie waren auch nicht die Einzigen. Die Gruppe bestand aus insgesamt zehn Leuten, die im Vorraum von einer Frau begrüßt wurden. Das Gebäude war sehr modern. Viele Türen waren aus Glas und man konnte in die weiten Flure sehen.

Das Geschnatter der Gruppe wurde unterbrochen, als ein Herr den Vorraum betrat und das Wort übernahm.

„Schönen guten Tag meine Damen und Herren."

Mario schaute sich um, tatsächlich waren zwei Mädchen, womöglich aus einer Schulklasse, in der Gruppe.

„Was haben die denn hier zu suchen?", fragte sich Mario, dann wurde er in seinen Gedanken unterbrochen.

„Ich freue mich, sie begrüßen zu dürfen. Da sie nicht die Einzigen hier und heute sind müssen wir uns sputen, weil in zwei Stunden die nächste Gruppe starten soll. Wir haben für sie einen Bus bereitgestellt, der sie zu den Wasserwerken bringt."

Die Vier schauten sich an. Die Wasserwerke sind gar nicht hier?

Wie eine Herde Schafe dem Hirten folgt, taperte die Gruppe dem Herrn, der auf den Parkplatz zusteuerte, hinterher. Ein heller Kleinbus wartete bereits. Alles war organisiert. Typisch deutsch eben.

Der Bus bog auf die Hauptstraße, um kurz danach wieder abzubiegen. So ging es vom Moorweg auf die L49, bis sie vor einem Tor stehenblieben. Wortlos stieg der Fahrer aus, um mit einem Schlüssel das elektrische Tor zu öffnen.

Claas sah sich um. Das Gelände war mit einem hohen Zaun umgeben. Auf dem Zaun war ein Stacheldraht angebracht. Da unbemerkt rüberzukommen sollte nicht einfach sein. Außerdem bemerkte Claas, dass Kameras und Bewegungsmelder innerhalb des Geländes das Werk sicherten. In der Mitte stand eine von einem gepflegten Rasen umgebene Halle. Hinter der Halle befand sich ein begrünter Sandhügel, in den eine Tür führte.

Nachdem das Tor geschlossen war, hielt er vor der Halle an. Alle stiegen aus. Claas erblickte auf dem Rasen vier kleine, quadratische Mauerwerke.

„Das sind unsere Brunnen aus denen wir das Wasser pumpen!" erklärte ein Mann, der aus der Halle getreten war und Claas' Blick folgte. Er zählte die Gruppe durch, murmelte die Zahl ‚zehn', stellte sich als Betriebsleiter vor und begann seine Ausführung.

„Die Brunnen sind 20, 50 und 100 Meter tief. Es sind immer zwei Brunnen in Betrieb. Das heißt, in dem jeweiligen Brunnen ist eine Pumpe, die das Wasser zu dem Werk pumpt."

„Sind das Kreiselpumpen?" wendete sich Claas an den Techniker um sich wichtig zu machen, und es klappte. Die Mädchen in der Gruppe sahen Claas bewundernd an.

„Ja, die Pumpen sind im Brunnen unter Wasser, weil sie nicht selbst ansaugen können. Und wenn wir schon bei den Brunnen sind, könnte sie interessieren, dass die Brunnen wöchentlich einer kleinen Prüfung und vierteljährig einer großen Prüfung unterzogen werden, in der das Wasser unter anderem auf Nitrat und Eisen untersucht wird. Wir haben hier zwar ein kleines Labor, vergeben diese Prüfung aber an die Universität Kiel." Ja, es interessierte Claas.

Die Gruppe folgte dem Betriebsleiter in die Halle. Dort war es kalt, und Elektromotoren brummten. Claas war beeindruckt, wie sauber alles war.

„Diese beiden großen, glänzenden Behälter sind die Filter, die das Wasser, welches aus den Brunnen kommt, reinigen. Wir begeben uns jetzt alle die Eisentreppe hinauf und schauen hinter den blauen Behältern die Wasserleitung an, die von den Brunnen kommt. Bevor das Wasser in die Behälter fließt, wird es mit Sauerstoff angereichert um eine bessere Trennung von Nitrat und Eisen zu erreichen. An dem Flow* und dem unterschiedlichen Druck vor und nach dem Filter kann man erkennen, wann der Filter gesättigt ist. Dann erfolgt eine Rückspülung von unten, die die Schwebstoffe aus den Filtern in das Abwasser befördert. Die Filter sind dann wieder voll einsatzfähig."

Raffael schaute Claas fragend an, der zuckte nur mit den Schultern.

„Wir begeben uns jetzt wieder herunter und gehen in den schallisolierten Kompressor Raum. Hier haben wir zwei Kompressoren, die abwechselnd Druckluft in das System drücken."

Die Kompressoren waren mit großen Ansaugfiltern bestückt. Oberhalb des Kompressor Raumes war ein eckiger Behälter, in dem die Luft mit dem Wasser vermischt wurde. Von dort förderten drei Spindelpumpen, die den nötigen Druck von über fünf bar hielten, in einem dicken Rohr das Trinkwasser nach draußen. Zur

Bestätigung des Druckes war dort noch einmal ein Manometer angebracht.

Bevor sie hinausgingen fragte Claas:

"Was ist eigentlich bei einer Störung, Druckverlust wie zum Beispiel bei einem Rohrbruch?"

Rechts vor dem Ausgang war eine Tür, auf die der Techniker zeigte.

„Dort ist der Computerraum, da werden alle Daten gesammelt, und wenn einmal der Druck fallen sollte, oder der Flow* stimmt nicht, wird die Bereitschaft über Handy und gleichzeitig über das Festnetz sofort informiert. Außerdem finden in unregelmäßigen Abständen Begehungen statt."

Claas war beeindruckt. Weiter ging es nach draußen über den Platz, durch die Stahltür in den grasbewachsenen Hügel.

„Hier haben wir zwei Betonbehälter mit jeweils 1000 Kubikmetern, in denen das Wasser gesammelt und bei Bedarf abgegeben wird."

Das Licht wurde in den Behältern angeschaltet und man konnte jetzt durch zwei Bullaugen in die Behälter schauen. In dem grün schimmernden Wasser stand eine Anzeige, an der die Wasserhöhe abzulesen war.

„Ist hier noch nie was passiert?" fragte Claas den Mann.

„Als die Bauphase begann, hatte jemand Hakenkreuze an das frische Mauerwerk gemalt, das war Warnung genug, um den Bau entsprechend abzusichern", erwiderte der Wasserwerker.

Claas verfluchte den Hakenkreuzidioten. Als die vier alleine waren, fragte Raffael Claas was er zu der Sache meinte, doch Claas winkte ab.

„Lass uns Freitag darüber sprechen."

*

Am folgenden Freitag hatte Mario Räucherkerzen besorgt. Draußen war es kalt und ungemütlich. Mario sehnte sich nach Wärme, nach Sonne. Claas und Karim waren schon anwesend, was wohl hieß, dass sie ihre Aufgabe sehr ernst genommen, und einiges in Erfahrung gebracht hatten. Als Raffael den Raum betrat, war sofort eine Anspannung zu spüren. Herzlich begrüßte Raffael die Drei, indem er jeden Einzelnen umarmte und ihnen einen Kuss rechts und links auf die Wange gab. Voller Erwartung setzten sie sich.

„Und", wandte sich Raffael an Claas, „was hast du herausbekommen, oder besser, was meinst du, wie wir was im Wasserwerk anrichten können?"

Claas kratzte sich verlegen am Kopf.

„Ich sehe wirklich kaum eine Möglichkeit, in das Wassernetz zu kommen. Das Gelände wird überwacht und Passanten können es einsehen. Ich hatte erst überlegt, ob beim Eintritt des Wasserrohres etwas möglich ist. Dort befindet sich ein Bypass, der mit zwei Absperrhähnen versehen ist. Diese könnte man schließen, den Bypass abnehmen, um dort das Gift einzubringen. Dabei verändert man den Flow und den Druck nicht und es erfolgt auch kein Alarm. Aber das hat überhaupt keinen Sinn, weil die großen Filter, die danach kommen, alles wieder herausfiltern und bei der Rückspülung alles wieder herausspülen. Die zweite Möglichkeit ist das Manometer bei der Ausgangstür. Das hat auch einen

Absperrhahn. Der Absperrhahn wird zum Demontieren eines defekten Manometers benötigt. Genau dort kann man eingreifen. Den Absperrhahn schließen, das Manometer demontieren und dort durch einen Halbzollschlauch das Gift hineindrücken. Das gibt zwar keinen Alarm. Aber wir brauchen einen Druck von über fünf bar. Wie wollen wir das ganze Zubehör für solch eine Aktion dort hin befördern?"

Stille.

„Ich hatte noch überlegt, mich bei der Besichtigung, einfach zurückfallen zu lassen, um mich zu verstecken, aber als wir das Gelände verließen, wurde die Gruppe noch einmal abgezählt, ob auch keiner verloren gegangen ist."

Raffael übernahm jetzt wieder das Wort:

„Wir gehen folgendermaßen vor: Du, Claas, bewirbst dich bei den Wasserwerken um ein Praktikum. Das gibt dir Zeit, dich in Ruhe nach einer Möglichkeit umzuschauen, das Equipment dort unterzubringen."

„Und nun zu dir, Karim, was hast du für Möglichkeiten herausgesucht?"

Karim stand jetzt im Mittelpunkt, und er genoss es in vollen Zügen.

„Es gibt Keime, Viren und Bakterien", begann Karim.

„Und um es gleich vorwegzunehmen, an Viren und Keime, die schädlich für uns Menschen sind, kommen wir nicht ran. Sie werden in Labors aufbewahrt und sind für uns unerreichbar. Außerdem vermehren sich Keime und Viren nicht im kalten Wasser und würden bei der Menge des Wassers ‚verloren' gehen."

Raffael wurde ungeduldig:

„Halt uns hier nicht mit unnötigem Geschwafel auf, was geht hier ab? Haben wir eine Möglichkeit, oder nicht?"

„Das Schlagwort", fuhr Karim fort, „das Schlagwort heißt Bakterien!"

Triumphierend sah sich Karim um.

„Und, was ist nun?" fragte Raffael ungeduldig.

„Bakterien kann man selber züchten. Und zwar Kolibakterien und etwas Besonderes wären Legionellen. Die sind für alte und junge Menschen sehr gefährlich und können tödlich sein. Bakterien sind lebensfähig und können sich unter gewissen Umständen vermehren."

„Unter welchen Umständen?" unterbrach Raffael Karim.

„Temperatur ist das Zauberwort. Bei einer Temperatur von 35-45 Grad Celsius und stehendem Wasser vermehren sich Bakterien und sterben erst ab einer Temperatur von 60 Grad und mehr. Unter 20 Grad sterben sie nicht ab, vermehren sich aber auch nicht."

„So, und wie züchten wir die Bakterien?" fragte Mario ehrfurchtsvoll.

„Ganz einfach", erwiderte Karim, „wir benötigen einen Behälter mit warmem Wasser und tun Kot rein, schon vermehren sich die Kolibakterien, die im Kot sind und wenn wir Glück haben, bilden sich auch Legionellen. Legionellen haben die Eigenschaft sich auch über die Luft zu verbreiten, wie zum Beispiel beim Duschen. Wenn die feuchte Luft eingeatmet wird, entsteht durch die Legionellen eine Lungenentzündung."

Karim redete sich regelrecht in einen Rausch.

„Legionellen sind resistent gegen Penicillin, und über 70 Prozent der Befallenen sterben. Die Legionellen haben ihren Namen tatsächlich von den Legionären aus dem Krieg, wo sie erstmalig entdeckt wurden."

„So, jetzt ist gut", unterbrach ihn Raffael, „für uns ist jetzt erst mal wichtig, wo wir die Bakterien züchten."

„Ich habe da so eine Idee", sagte Claas. „Ich kenne in Bordesholm ein altes Mehrfamilienhaus, das schon lange leer steht, da können wir mal nachschauen."

„Das ist eine gute Idee", Plan A ist, dass Claas sich bei den Wasserwerken um ein Praktikum bewirbt und dort Möglichkeiten sucht, wie wir dort vorgehen können, und Plan B ist, dass ich mich mit Claas abends bei dem alten Mehrfamilienhaus mit Taschenlampe, Stemmeisen und einer Wolldecke treffe und wir uns die Gegebenheiten dort anschauen. Wenn die Möglichkeit besteht, ziehen wir beides durch." Raffael schaute die Anderen an: „Hat jemand noch Fragen? Also gut Claas, wir treffen uns morgen Abend um zwanzig Uhr."

Mario schwirrte der Kopf, als er nach Hause ging, er schwamm im Strom der Ereignisse mit den Anderen mit.

*

Es war schon dunkel, als Claas eintraf. Raffael war schon einmal um das Haus gegangen und hat eine Stelle gesucht, die einen Einstieg möglichst einfach machte. Das Grundstück war mit einem Bretterzaun umgeben, weswegen sie sich ungehindert bewegen konnten, ohne von außen gesehen zu werden. Das Haus hatte zwei Eingänge, die verschlossen waren. Kurz oberhalb des Bodens waren kleine Fenster, die offensichtlich zum

Keller gehörten. Raffael zeigte auf ein Fenster, drückte seine Wolldecke gegen die Scheibe und schlug mit seinem Stemmeisen zu. Es gab ein dumpfes Klirren. Claas kniete sich nieder, griff in das Fenster und schob den Riegel auf. Durch das geöffnete Fenster stiegen sie nacheinander rückwärts hinein. Raffael hängte von innen die Wolldecke vor das Fenster. Erst jetzt konnten sie die Taschenlampen anknipsen. Sofort erkannten sie, dass sie in einem Verschlag standen, von dem aus eine offene Tür in den Kellergang führte. Claas deutete mit seiner Lampe auf die Kellertreppe. Neben der Treppe sah Raffael ein Rohr mit mehreren Ventilen und einer Wasseruhr an der Wand.

„Das große Ventil ist das Hauptwasserventil, das ist bestimmt verschlossen", belehrte Claas Raffael. „Wir probieren es erst aus, wenn wir wissen, ob alle anderen Ventile geschlossen sind, sonst haben wir hier unten in nullkommanichts ein Schwimmbecken." Raffael nickte nur. Claas wird es schon wissen. Links von der Treppe war ein kleiner gemauerter Raum, in dem mehrere Stromzähler an der Wand hingen. Vor den Zählern war ein grauer Kasten mit einer angelegten Klappe angebracht.

„Hier", rief Claas leise und öffnete die Klappe. Und tatsächlich, eine große Sicherung lag auf dem Boden des Kastens. Claas nahm die Sicherung und schraubte sie in die dazugehörige Fassung. Alle Lampen im Kellergang begannen, wie abgesprochen, zu strahlen.

„Hoffentlich sind das hier die einzigen Lampen, die angegangen sind", murmelte Claas.

An Raffael gewandt sagte er:

„Am Besten, du gehst nochmal rum und kontrollierst, ob nicht noch woanders das Licht angegangen ist, hier ist ja kein Fenster."

Missmutig ging Raffael zum Einstiegsfenster zurück, krabbelte hinaus und ging einmal um das Haus. Es war nichts zu sehen.

Als er zurück in den Keller kam, sah er Claas in dem Gang stehen, wie er mit seiner Taschenlampe in einen anderen Raum leuchtete. Wie erstarrt stand er da, als hätte er einen Schatz gefunden.

„Was ist?" begann Raffael. Ohne auf Raffaels Frage zu reagieren, ging Claas grinsend in den Raum. Raffael beeilte sich und folgte Claas. Und da sah er ihn. Einen großen Boiler, aufrecht auf drei Beinen stehend, mit Isoliermatten umwickelt.

„Jetzt haben wir zwei Möglichkeiten," begann Claas freudestrahlend.

„Ersten, können wir den Boiler auf vierzig Grad bringen, oder zweitens, wenn die Fernheizung noch angeschlossen ist, den Raum auf vierzig Grad heizen. Beste Voraussetzung für unseren Plan."

Der Boiler hatte ein Schauglas für den Wasserstand, aber dort war nichts zu erkennen. Der Ablasshahn unter dem Boiler war geöffnet. Claas bückte sich und drehte den Hahn zu.

„Die haben das Wasser abgelassen, um das zu vermeiden, was wir jetzt vorhaben", erklärte Claas. „Ich gehe jetzt, und drehe den Hauptwasserhahn auf, du bleibst hier und beobachtest das Schauglas."

Raffael starrte auf das Schauglas, obwohl Claas noch gar nicht losgegangen war. Erst als Claas schon eine Weile weg war, begann es im Boiler zu rauschen. Langsam füllte er sich, und nach einer Weile sah Raffael, wie das Wasser im Schauglas sichtbar wurde.

Claas kam zurück.

„Es dauert jetzt eine Weile, bis der Boiler den nötigen Wasserstand hat." Während er an einem kleinen Rädchen drehte, klärte er Raffael auf:

„Das ist der Thermostat, den stelle ich auf 40 Grad Celsius ein, hoffentlich funktioniert der noch. Klicken tut er jedenfalls. So, und hier oben ist der Revisionsschacht, da können wir den Kot einfüllen." Claas deutete auf den Schacht, der mit einem Bügel und einer großen Schraube versehen war.

„Ich weiß jetzt nicht, wie groß die Schraube ist, am besten wir nehmen beim nächsten Mal zum Öffnen einen Engländer mit."

„Engländer?" Raffael schaute Claas fragend an.

„Engländer ist ein Schlüssel, den man größer oder kleiner machen kann."

Genervt antwortete Raffael:

„So ein Ding hab ich auch, den nenn ich aber nicht Engländer."

Claas rollte nur mit den Augen und fuhr fort:

„Wenn wir den Kot eingefüllt und den Schacht verschlossen haben, werden wir später, wenn die Bakterien sich gebildet haben, mit einem Kompressor den Behälter mit einem Druck von über fünf bar auffüllen und dann das Hauptventil öffnen. Da wir mehr Druck haben werden als die Versorgungsleitung, drücken wir die Bakterien in das Trinkwassersystem.

Den Kompressor kaufen wir bei ‚Profi Kiel‘ oder ‚Hagebau‘.“

16

Das ging aber schnell. Nur zwei Tage hat es gedauert, bis der letzte Aushub für das Fundament der zukünftigen Biogasanlage abtransportiert wurde.

Mehrere Laster hatten den belasteten Abraum in die von Bauer Diestelhorst vorgegebene Senke gekippt, die etwa hundert Meter hinter der alten baufälligen Scheune auf seinem Grundstück liegt.

„Trecker kommt von trekken, also von ziehen", dachte Diestelhorst, um sich abzulenken. Sein Trecker sollte nicht ziehen, sondern drücken. „Heißt der jetzt Drücker?" Er dachte wirklich nur Quatsch, er konnte sich nicht konzentrieren. Alles nur, weil er so einen Bammel hatte, erwischt zu werden.

Diestelhorst war inzwischen fleißig gewesen und war dabei, seinen alten Frontlader vorzubereiten, indem er eine Schaufel montierte. Zum Glück hatte er sich damals beim Kauf für einen mit Fronthydraulik entschieden. Er war aufgeregt, weil er so schnell wie möglich den belasteten Abfall mit Erde zudecken wollte. Er konnte es sich nicht leisten, eine Firma zu beauftragen, um den Abfall fachgerecht zu entsorgen.

Es durfte ihn keiner sehen bei der Arbeit.

Weil er mehrmals auf die Straße oberhalb der Scheune schaute, hatte er sich beim Einschlagen des linken Bolzen auf den Handrücken geschlagen. Wütend riss er sich den Handschuh ab und schleuderte ihn zu Boden.

„So ein Mist", quetschte er vor Schmerzen gequält zwischen den Zähnen hervor, „ich habe doch noch gar nicht angefangen, wieso guck ich da jetzt schon zur Straße? Ich muss zur Ruhe kommen und logisch vorgehen. Immerhin soll keiner sehen, was hier liegt. Ich habe erst Ruhe, wenn alles zugedeckt ist."

Während er auf seine Hand schaute, auf der sich ein rotblauer Fleck ausbreitete, versuchte er an Positives zu denken. Ihm fiel nichts ein.

„Immerhin", dachte er, „die zehn Kühe habe ich für einen guten Preis verkauft. 650,- Euro für eine Kuh!", und da zwei trächtige dabei waren, bekam er noch 400,- Euro für die Beiden obendrauf.

Er konnte nicht länger warten, schließlich wurde es schon dämmerig. Dass Landwirte in der Dunkelheit arbeiteten, war ja nichts Besonderes. Vorsichtig streifte er sich den Handschuh wieder über die verletzte Hand und schwang sich auf den Traktor. Schlüssel gedreht, und der Diesel sprang zuverlässig an. Mit einem kleinen Sprung bedankte sich der Trecker für den ersten Gang.

„Auf dich kann ich mich verlassen" murmelte Diestelhorst und tätschelte das Armaturenbrett. „Ich muss erst mal den Abfall begradigen und ihn dann mit der umliegenden Erde zudecken." Immer wieder dachte er an das Schild oben an der Straße, das diesen Landstrich als Wasserschutzgebiet auswies.

„Lieber Gott, hilf mir, dass mich keiner erwischt", murmelte Diestelhorst. Diestelhorst war nicht unbedingt gläubig, nur wenn er in Not oder krank war, betete er. Inzwischen hatte er seine Scheinwerfer eingeschaltet, auch die vom Dach. Er schaute mehrmals zur Straße rüber und sah auch ab und zu ein Auto vorbeifahren.

Diestelhorst zog die Schultern an, um sich kleiner zu machen, in der Hoffnung, dass ihn keiner sah.

Was für ein Trugschluss!

Langsam begann sein Schweiß zu trocknen, und er entspannte sich. Aber dafür bekam er jetzt Kopfschmerzen.

Er vergaß die Zeit, und erst, als er aus den Augenwinkeln zwei wackelnde Lichtkegel erblickte, die auf ihn zukamen, kehrte er in die Wirklichkeit zurück.

Diestelhorst hielt an, um sich einen Überblick zu verschaffen. Oben auf der Straße stand ein Auto, welches die Warnblinkanlage geschaltet hatte. Die wackelnden Lichtkegel entpuppten sich als Taschenlampen. Es waren zwei Männer, die mit Lederjacken und weißen Mützen bekleidet waren. Langsam registrierte Diestelhorst, dass er es mit Polizisten zu tun hatte, die stolpernd über den Acker auf ihn zukamen.

„Moin", begrüßte ihn freundlich einer der Beiden. „Was machen sie da?"

Diestelhorst wurde warm und kalt, was sollte er sagen? Das Schlimmste wäre jetzt eine Lüge. Sein Körper entschied sich jetzt zu schwitzen. Er nahm sich die Mütze ab und strich sich durch seine noch verbliebenen Haare, um Zeit zu gewinnen. Auf der Jacke des Polizisten, der gefragt hatte, konnte Diestelhorst erkennen, dass er es mit Hauptwachmeister Schmidt zu tun hatte.

„Ja, ähm, ich schieb die Erde in das Loch."

„Und das können sie nicht tagsüber machen? Es ist jetzt kurz vor Mitternacht", ergänzte Schmidt.

Diestelhorst versuchte sich herauszuwinden,

„ich muss mich beeilen, ich hab keine Zeit. Morgen ist es trocken und dann muss ich das Feld bestellen."

Der zweite Polizist war ein paar Schritte weitergegangen, und während er mit seiner Taschenlampe auf die Müllreste deutete, erwiderte er:

„Apropos bestellen, ich glaube, wir werden den Umweltschutztrupp der Rendsburger Polizei bestellen. Sie wissen doch, dass sie hier im Wasserschutzgebiet sind? Machen sie mal den Motor aus und kommen sie mit hoch, damit wir ihre Personalien aufnehmen können."

Es waren immer noch Reste, wie verrostete Blechtonnen und Plastikbehälter, zu erkennen.

Diestelhorst war wie erschlagen. Die Welt brach über ihm zusammen. Es war alles verloren. Die geplante Biogasanlage war so weit in die Ferne gerückt. Was sollte er jetzt noch tun?

Gehorsam stellte er den Motor ab und sprang auf den Boden.

„Den Schlüssel nehme ich schon mal mit, damit sie nicht auf dumme Gedanken kommen, den bekommen sie später zurück", sagte Schmidt und zog den Schlüssel ab. „Sie werden dann bitte hier nichts verändern."

„Komme ich nicht ins Gefängnis?" fragte Diestelhorst mit belegter Stimme.

„Nein, wir nehmen nur ihre Personalien auf, und dann können sie nach Hause gehen. Morgen kommt das Ordnungsamt und untersucht den Kram hier. Je nach dem, was die feststellen, wird entschieden, was geschieht."

„Wenn es belastetes Material ist, dann kommt einiges auf sie zu. Erst einmal die Anzeige vom Staatsanwalt wegen Grundwasserverschmutzung, dann wird das Ordnungsamt dafür sorgen, dass der ganze Müll fachgerecht entsorgt wird", ergänzte der Kollege von Schmidt, „und wenn sie Pech haben, hat ihre Grundwasserverschmutzung etwas mit dem Fischsterben im Bordesholmer See zu tun." Er grinste dabei in sich hinein, wohl wissend, dass es nicht so schnell geht mit der Grundwasserverschmutzung. „Aber, wie lange liegt das Zeug da schon?"

„Ich habe da immer mal wieder was reingefahren, wie damals auch schon mein Vater. Alles nur reine Erde." Diestelhorst war unbehaglich zumute. Der Polizist lachte: „Ja, ich weiß, und jetzt den Aushub für die Biogasanlage. Stand da nicht früher mal eine Diesel-Zapfsäule?"

Nachdem Diestelhorst im Polizeiauto seine Personalien angegeben hatte, durfte er zu seinem Hof zurück. Er wird sich dann erst einmal einen hinter die Birne kippen, hat er sich vorgenommen. Er könnte den Bauplatz der Biogasanlage an den Höchstbietenden verkaufen, um zumindest die Entsorgung der Altlasten zu finanzieren. Die Geldstrafe der Staatsanwaltschaft muss er in Raten abstottern. Wie es weitergehen sollte, wusste er noch nicht. Wovon sollte er leben? Hartz IV? Er hatte keine Lust mehr. Er hatte keine Alternative mehr. Soll doch der Staat für ihn aufkommen.

17

Im Foyer breitete sich gemäßigtes Dschungelleben aus. Schwerer Duft wie von Jasmin lag in der Luft. Die ankommenden Besucher wurden gebeten, die Tür schnell wieder zu schließen:

„Wegen der Raumtemperatur. Wir haben eine kontrollierte Wohnraumlüftung. Präzise zwanzigeinhalb Grad", sagte der Hausherr. Und wenn einer der Neuankömmlinge fragend blickte, sprudelte es aus Heiner Meise heraus:

„Wir nutzen die Erdwärme für die Heizung und das Warmwasser. Das Gebäude habe ich konsequent dämmen lassen. Fenster und Türen bleiben zu. Für frische Luft sorgt eine automatische Lüftungstechnik."

„Schafft die das auch im Klo?"

Der stellvertretende Vorsitzende der Naturschutzgruppe war für seinen schrägen Humor bekannt. Heiner Meise überhörte die Spötterei und fuhr fort zu dozieren: „Das ist alles ökologisch genau durchdacht. Unser Trinkwasser wird zweifach genutzt…" Alle blickten auf den Stellvertreter, einen anzüglichen Kommentar erwartend. Aber der blieb stumm. Also sah sich Meise veranlasst, selbst ironisch zu werden:

„Nein, wir brauen unseren Grog nicht mit Klowasser. Aber das Wasser von Dusche, Badewanne und Waschbecken wird im Keller gesammelt und mechanisch-biologisch aufbereitet. Dieses Wasser nutzen wir für die Klospülung, die Waschmaschine und zur Bewässerung der Pflanzen in Haus und Garten."

Stolz nahm Heiner Meise das Lob für das ausgeklügelte System seines Biohauses entgegen. Inzwischen waren die Vorstandsmitglieder der Naturschutzgruppe Bordesholmer Land vollzählig versammelt. Auf dem großen Esstisch in der Küche standen naturtrüber und unverdünnter Apfelsaft aus der Pressung des Rotary-Clubs Bordesholm, Leitungswasser in einer Karaffe und Gebäck aus dem Weltladen bereit. Heiner Meise schenkte sich ein Glas Wasser ein und nahm einen tiefen Zug: „Darum geht es heute Abend, liebe Freunde. Um unser Wasser." Er hielt das Glas gegen die Öko-Sparlampe, als prüfe er die Farbe eines wertvollen Weines.

„Ich traue dem Trinkwasser des Wasserwerkes. Noch. Aber die Meldungen sind alarmierend. Wir müssen über bessere Kontrollen und den wirkungsvollen Schutz unseres Wassers nachdenken. Kurzfristig aufgrund der bestürzenden Vorkommnisse, aber auch langfristig. Unsere Kinder sollen auch noch klares Wasser aus der Leitung trinken können!"

„Bravo! Und wir müssen wachsam sein! Die Behörden verschleiern und vernebeln doch nur. Missbrauch von Dünge- und Pflanzenschutzmitteln müssen wir anzeigen. Ohne Pardon."

„Ja, auch bei den Gartenbesitzern. Die dosieren doch oft nach dem Prinzip ‚viel ist gut, und mehr ist besser'!"

Nach zwei Stunden an- und aufgeregter Diskussion fasste Heiner Meise zusammen:

„Liebe Freunde, wir werden also noch mehr auf unsere Umwelt, besonders das Wasser, achten und Verdachtsfälle konsequent zur Anzeige bringen. Ich verfasse hierzu eine Pressenotiz. Wir wollen mit offenem Visier kämpfen, niemand soll sagen können, er habe nichts gewusst davon, wie wir unser Wächteramt wahrnehmen. Und Mareike richtet eine Homepage ein, mit Infos und zum Austausch über das Wasserproblem."

Und so gewann der Spruch des ständig bespitzelten August Heinrich Hoffmann von Fallerslebens, des Dichters des „Liedes der Deutschen", seine Bedeutung für das Bordesholmer Land:

„Der größte Lump im ganzen Land, das ist und bleibt der Denunziant."

18

„Hallo, guten Tag, mein Name ist Claas."

„Guten Tag Herr Claas, womit kann ich ihnen behilflich sein?"

Claas war verwirrt. Claas war doch sein Vorname, nicht sein Nachname.

„Ich war unten im Erdgeschoss und habe auf der Infotafel die Personalabteilung gesucht."

„Wir haben hier keine Personalabteilung" antwortete die freundliche Frau in der Zentrale, „dazu ist unser Betrieb zu klein."

„Ja", antwortete Claas, „unten auf der Tafel stand, dass sie die Sekretärin sind und da dachte ich, dass sie mir sagen können, wie ich mich bei ihnen als Praktikant bewerben kann."

„Sind sie aus der Technik oder...?"

„Ja", unterbrach sie Claas, „aus der Technik." Mehr brauche ich ihr nicht zu sagen, ich will ja nur wissen, wie und wo ich mich bewerben kann, dachte Claas. Er nahm den Auftrag von Raffael sehr genau und wollte keinen Fehler machen.

„Da sind sie hier nicht richtig, da müssen sie wieder runter ins Erdgeschoss. Warten sie, ich zeige ihnen, wo das ist."

Claas war schon wieder verwirrt. Wollte sie tatsächlich mit ihm runtergehen und zeigen wo er sich informieren konnte? Entweder hatten die hier nichts zu tun, oder waren einfach nur freundlich. Die hätte ihm doch nur sagen brauchen, in welchem Zimmer er sich melden musste.

Die freundliche Dame ging vor ihm die Treppe herunter und wandte sich nach rechts. Vor der Glastür war links die Toilette, die Claas noch schnell besucht hatte, bevor er nach oben gegangen war. Die Toilette war sehr modern eingerichtet. Als Claas so vor dem Becken stand, inspizierte er den Raum. Rechts von ihm war das Waschbecken, unter dem eine Steckdose einen Durchlauferhitzer speiste. Ob das den Sicherheitsbestimmungen entspricht, wenn dort Wasser auf die Steckdose kommt? Und übrigens könnte die Reinmachefrau den Rand von der Steckdose mal abwischen. Und wieso haben die in der Toilette einen Desinfektionsspender? Operieren die hier? Oder könnte sich jemand mit der Büroklammer verletzen?

Die Dame vor Claas ging jetzt durch die gegenüberliegende Glastür und hielt auf der rechten Seite vor der dritten Tür an. Sie zeigte in den Raum, nannte den Namen eines Herrn, der sich um seine Fragen kümmern würde. Den Namen vergaß Claas gleich wieder, weil der Herr keine Zeit hatte. Hinter Claas kam ein Mann im Flur vorbei, den Claas schon bei der Besichtigung vor zehn Tagen gesehen hatte. Schnell drehte er sich weg, aber es war schon zu spät. Der Mann schaute ihn an, konnte ihn aber offensichtlich nicht zuordnen.

Claas hatte sein Gehirn schon auf Aufmerksamkeit geschaltet, weshalb er alles genau registrierte. Der Herr, der keine Zeit hatte, zog seine Jacke an, weshalb sich Claas beeilte, seine Fragen loszuwerden.

„Können sie mir sagen, wie und wo ich mich für ein Praktikum bewerben kann?"

„Schriftlich und bei der Sekretärin oben abgeben", antwortete der Mann hektisch.

„Mit Passbild?"

„Nein, das ist nicht mehr aktuell, nicht objektiv."

„Bin ich versichert?" fragte Claas,

„Ja, durch die Frankfurter!" Claas verstand den Namen der Firma nicht.

„Das ist ja auch nicht wichtig, Hauptsache, ich bin versichert", dachte der revolutionäre Kämpfer.

Der Mann hatte es wirklich eilig. Claas rief ihm hinterher,

„Für wie lange?"

„Je nach dem", und weg war er. Claas gab auf, außerdem hatte er genug gehört. Er würde sich nur für eine Woche bewerben, genug, um alles abzuchecken, um einen Weg zu finden wie die Wasserwerke sabotiert werden können.

„Die werden mich noch kennenlernen und meinen Namen werden sie auch nicht vergessen."

Claas begab sich nach Hause, um in Ruhe seine Bewerbung zu schreiben, da hatte er schon Übung drin. Er hatte beste Chancen, für das Praktikum genommen zu werden. Immerhin hatte er ja schon eine Lehre als ‚Anlagenmechaniker für Sanitär-, Heizungs- und Klimatechnik' angefangen. Früher hatte man Klempner gesagt, und alle wussten, was gemeint war, bis sich der scherzhafte Begriff: Gas, Wasser und Sch...wimmbadtechnik' durchsetzte. Dann erst kam man von der Bezeichnung Klempner ab.

19

Besorgt drückte Nicole Hansen aus Groß Buchwald ihre 12-jährige Tochter an sich. Sie saßen zusammen auf dem Fernsehsessel, Nicole streichelte ihrer Prinzessin liebevoll die blonden Locken.

„Hey, kleine süße Nele, dir wird es gleich wieder besser gehen. Die Tropfen aus der Apotheke werden dir gut tun."

Kaum hatte sie den Satz vollendet, fing Nele plötzlich an, stark zu krampfen. Ihr kleiner Leib wurde von heftigen Zuckungen erschüttert.

„Mami, mir ist so schlecht", heulte das Kind mit zerbrechender Stimme.

Nicole küsste ihrer Tochter zärtlich die Stirn.

„Hätte ich bloß die 112 gewählt und nicht bei Doktor Brinkmann angerufen. Der Rettungswagen wäre bestimmt schneller hier gewesen", dachte Nicole voller Sorge.

In dem Moment klingelte es an der Haustür. Nicole wollte zur Tür gehen, als Nele anfing, hektisch nach Luft zu schnappen. Nicole stand auf, ihr Kind eng an sich gepresst, und ging mit unsicheren Schritten in den Hausflur.

„Herr Brinkmann, schnell. Meiner Nele geht es so schlecht!"

„Was ist passiert?" wollte der Arzt wissen. Bevor Nicole antworten konnte, verlor Nele das Bewusstsein. Ihr Kopf fiel nach hinten, ihr Gesicht verfärbte sich blässlich blau und ihre Augen waren zu schmalen Schlitzen verformt.

„Schnell auf den Boden legen." Doktor Brinkmann reagierte ohne Hektik auf den Anfall des Kindes. Er rüttelte vorsichtig an ihrer Schulter und sprach sie laut an: „Nele, hörst du mich?"

Als keine Antwort kam, begann er mit der Atemkontrolle, indem er mit seiner rechten Wange prüfte, ob bei Nele Atemluft zu spüren war. Da dieses nicht der Fall war und sich der schmächtige Brustkorb weder hob noch senkte, begann er mit der Atemspende. Routiniert durch eine jahrelange Tätigkeit als Notarzt leistete Brinkmann eine wirklich profihafte Wiederbelebung. Er kniete neben dem Kopf der kleinen Nele, überstreckte deren Hals und verschloss mit Daumen und Zeigefinger der auf der Stirn liegenden Hand die Nase des Kindes. Mit rhythmischen Zügen beatmete er den leicht geöffneten Mund seiner Patientin. Nach einigen Atemspenden überprüfte er, ob sich der Brustkorb bewegte. Da wieder keine Atmung festzustellen war, wies er die völlig regungslose Mutter ruhig, aber bestimmt, an, den Notarzt über 112 anzurufen. Doktor Brinkmann kombinierte seine Wiederbelebung mit der Herzdruckmassage, da er mittlerweile auch keinen Pulsschlag mehr fühlen konnte. Aber alle Mühen waren vergebens: Als nach circa 15 Minuten die Mannschaft des Rettungswagens in der Hansenschen Wohnung erschien, war Nele immer noch leblos. Der Notarzt und der Rettungssanitäter lösten den völlig durchgeschwitzten Brinkmann ab und versuchten eine qualvolle halbe Stunde, die kleine Nele zurückzuholen. Ohne Erfolg. Doktor Brinkmann hatte währenddessen der hysterisch heulenden Nicole Hansen ein starkes Beruhigungsmittel gespritzt.

„Frau Hansen, hat Nele in der letzten Zeit etwas Vergiftetes oder Verdorbenes gegessen oder getrunken?

„Nein, natürlich nicht", weinte Nicole. „Aber bei diesem blöden Segelkursus vor einer Woche ist sie in den Bordesholmer See gefallen. Und da schwammen doch die vielen toten Fische im Wasser. Hätte ich doch nicht auf diesen arroganten Segellehrer gehört. Dann würde meine kleine Prinzessin noch am Leben sein. Ich mache mir solche Vorwürfe, dass ich sie habe segeln lassen."

Völlig erschüttert meldete Doktor Brinkmann sofort nach Verlassen der Wohnung den Tod von Nele der Bordesholmer Polizei.

Am nächsten Tag wurde die Bevölkerung durch Rundfunkdurchsagen im ‚Norddeutschen Rundfunk' und im ‚Radio Schleswig Holstein' über den ungeklärten Todesfall in Groß Buchwald informiert und angehalten, das Leitungswasser vor dem Trinken abzukochen. In der ‚Holsteiner Zeitung' wurde eine entsprechende Mitteilung auf der ersten Seite abgedruckt. Die Bordesholmer Rundschau titelte:

„Giftwasser in Bordesholm."

20

„Brüggerholz? Wo zum Teufel ist das?"
Hauptkommissar Wilhelm Bielfeld stand vor der alles beherrschenden Landkarte. Die im Besprechungsraum angebrachte Karte zeigte die Region. Jemand hatte mit dickem roten Stift den Versorgungsbereich des Wasserwerkes nachgezogen.
„Du musst von der Kreisstraße 89 links ab. Die Straße heißt zunächst Oberdorf und dann Böhnhusener Weg. Der führt direkt nach Brüggerholz", sagte Erika Friedberg, lächelte ihren Chef dabei spitzbübisch an und fügte hinzu:
„Da hatte ich mal einen Freund. Bauernsohn. Toller Typ."
„Und? Soll es heute nach Feierabend noch hingehen zu dem tollen Typen?" Wilhelm Bielfeld rammte die PIN-Nadel mitten in den dünn gedruckten Namen des Ortsteils. „Hast dich ja ganz schön aufgehübscht heute."
In der Tat war Erika Friedberg zu einer Geburtstagsfeier eingeladen. Sie hatte sich die Haare zurecht machen lassen, trug ein eng anliegendes Kleid in alarmierendem Pink und mit Pailetten besetzte High Heels.
„Gib einem Mädchen die richtigen Schuhe, und es wird die Welt erobern", fiel Bielfeld ein, als er seiner Kollegin zusah, wie sie sich von dem Beistelltisch einen neuen Kaffee holte. Die Höhe der Absätze veränderte ihren Gang, ließ die Hüften schwingen, forderte ein anderes Tempo. Der Oberkörper wurde betont, der Po herausgestreckt.

„Möchtest du auch einen Kaffee?" wurde Bielfeld aus seinen Tagträumen gerissen.

„Nein... ja, natürlich, gern."

Erika Friedberg, die die Blicke ihres Kollegen auf sich gespürt und genossen hatte, schenkte Kaffee in eine zweite Tasse und stolzierte damit selbstbewusst auf den Hauptkommissar zu.

„Nein, der Bauernsohn ist gewesen – obwohl: Geben müsste es ihn noch. Werde mich mal darum kümmern. Wird ja inzwischen auch gesetzter sein."

„Wohl wahr - wie wir alle." Bielfeld nahm eine neue rote Nadel aus der Schachtel, blätterte ein Blatt in dem dicken Leitz-Ordner um, der die in letzter Zeit eingegangenen zahlreichen Anzeigen und Meldungen über Wasserverunreinigung und gesundheitliche Beeinträchtigungen dadurch enthielt, und trat an die Karte:

„Schon wieder Groß Buchwald. Für einen Zufall zu viele rote Punkte in dem Dorf." Erika Friedberg trat an ihren Chef heran und reichte ihm den Kaffeebecher. Ihre Blicke tauchten ineinander. Eigentlich hatten sie sich immer gemocht und gerne zusammengearbeitet, die beiden Kriminalbeamten. Aber näher waren sie sich nicht gekommen. Außer dem einen Mal, vor vielen Jahren bei der alten Weide am Mühbrooker Meer. Ein Frosch in der Höhle im Baum, die als Versteck für ein Tagebuch diente, hatte sie so erschreckt, dass sie Schutz in den Armen des Hauptkommissars gesucht und sich seinen Kuss gefallen lassen hatte.

„Das finde ich auch. Die in Groß Buchwald gemeldeten Fälle müssen wir als erstes unter die Lupe nehmen."

Die Kriminalkommissarin trat zurück, holte tief Luft und blickte auf die Karte. Eine PIN-Nadel mitten im Bordesholmer See, weitere in Bordesholm und über das Bordesholmer Land verstreut – und der Schwerpunkt Groß Buchwald.

„Gut, dann fange ich in Groß Buchwald an. Ich stelle mich zunächst dem neuen Bürgermeister vor. Toller junger Mann, arbeitet als DJ. Holger Gränert heißt der. Ist in die großen Fußstapfen von Jens Bülck getreten."

„Ich weiß. Ein smarter Typ. Viel Spaß!"

War da nicht ein Unterton in dem Wunsch des Hauptkommissars? Egal:

„Und von Groß Buchwald aus gehe ich zu einem Geburtstag. Bin eingeladen. Deshalb habe ich mich heute ein wenig hübsch gemacht. Morgen habe ich wieder normale Dienstklamotten an."

‚Schade', dachte Hauptkommissar Bielfeld, sagte aber:

„Gut. Ich werde mit dem Bundeskriminalamt Kontakt aufnehmen. Von denen liegt ein Fax vor. In unserem Raum soll sich eine Islamistengruppe aufhalten, deren Gefährlichkeit nicht genau eingeschätzt werden kann. Ob Wasser auch ein Angriffsziel für die sein kann?"

Die Funken erloschen. Das Ermittlerpaar ging seiner Wege.

21

Klaus Tönnsen steuerte mit Schwung seinen Mercedes-Boliden auf das verarmt und unaufgeräumt wirkende Grundstück von Gerhard und Brigitte Rixen.

„Typisch polnische Wirtschaft", knurrte er verächtlich mit einem spöttischen Seitenblick auf seinen Beifahrer Hans-Werner Meyer.

„Guck dir mal diese Unordnung an."

„Naja, bei unserem Freund Krischan Hansen sieht es auch nicht viel besser aus. Da musst du auch immer befürchten, dass dir seine Kinder die Reifen vom Auto klauen."

„Da kommt er schon! Hat sein alter Jetta doch tatsächlich die Brügger Berge gemeistert." Tönnsen amüsierte sich wie üblich am meisten über seine eigenen Witze.

„Moin Krischan, schön, dass du dabei bist. Dann lass' uns mal dem lieben Gerhard einen Besuch abstatten." Da die beiden Freunde für ihr Vorhaben den verarmten Kumpel brauchten, konnten sie auch freundlich sein.

Ohne zu klingeln oder zu klopfen betraten die drei den Hausflur von Rixens Wohnhaus.

„Moin Gerhard, Besuch für dich!" Tönnsen ließ seinen tiefen Bass erklingen.

Es dauerte eine Weile, bis die Küchentür geöffnet wurde und Brigitte erschien. Sie zog ihre leicht angeschmuddelte Kittelschürze aus.

„Ich wollte gerade nach Bordesholm zum Einkaufen. Aber Gerhard kommt gleich. Nehmt doch bitte Platz." Sie wies auf die Sitzecke, räumte schnell einige alte Zei-

tungen und Prospekte   von den Stühlen und verschwand grußlos.

„Gib nicht so viel Geld aus. Du weißt doch, dass Gerhard immer knapp bei Kasse ist", rief Hans-Werner ihr
hinterher. Er machte im Ranking um unpassende Witze
einen Platz gut.

„Falls sie mal knapp bei Kasse sein sollten, gibt es bei uns keine unpassenden Witze."

„Sondern günstige Zinsen, um ein notwendiges Darlehen zu finanzieren.
Und wenn sie Geld anlegen möchten, haben wir auch die passenden Möglichkeiten für sie."

„Schön, dass ihr da seid. Was kann ich für euch tun?"
Gerhards Blick zeigte deutlich, dass seine Freude über
den Besuch ausbaufähig war, als er mit schlurfenden
Füßen die Küche betrat.

„Kann ich euch ein Glas Wasser anbieten? Bier habe ich
leider gerade nicht im Haus."

„Lass stecken, wir wollen mit dir über unseren Ausflug
nach Kiel sprechen. Und zwar über deine unverschäm-
ten Äußerungen über uns gegenüber der Polizei." Klaus
Tönnsen gab sich keine Mühe, freundlich zu wirken.

„Wenn unser Gülle-Geschäft rauskommt, sind wir alle
dran. Und wir wissen, wem wir das zu verdanken haben!" Auch Hans-Werner Meyer nahm eine drohende
Körperhaltung ein, indem er sich auf seinem Stuhl aufrichtete und den armen Rixen mit starrem Blick fixierte.

„Ich habe doch gar nichts gesagt. Von mir wird die Polizei auch nichts erfahren. Ich schwöre es!" Rixen wirkte
noch verunsicherter als sonst. Unter seinen Achseln
zeichneten sich große Schweißflecken ab, seine Stirn
glänzte ebenfalls vom Schweiß.

„Was wolltest du mit deinen Bemerkungen überhaupt
erreichen?" Krischan Hansen war etwas defensiver eingestellt als seine Freunde.

„Tut mir echt leid. Aber ich fühlte mich so unsicher auf
dem Polizeipräsidium."

Auch von dem mitleidserregenden Dackelblick Rixens
ließ sich Tönnsen nicht umstimmen.

„Wir haben einen Brief an die Polizei formuliert, den du
jetzt unterschreiben wirst." Er nahm einen Umschlag

aus der Brusttasche seines braunen Cord-Jacketts und zog ein Schreiben aus dem Kuvert.

„Du erklärst damit, dass du alle Anschuldigungen gegen uns mit dem Ausdruck des Bedauerns zurücknimmst und vielmehr bestätigst, dass wir unsere Gülle immer ordnungsgemäß ausgebracht haben."

„Aber das kann ich doch gar nicht. Das glaubt mir kein Mensch bei der Polizei." Gerhard Rixen versuchte verzweifelt, seine Gesprächspartner umzustimmen. Aber ohne Erfolg. Tönnsen zog einen zweiten prall gefüllten Umschlag aus der Tasche.

„Der geht an deine liebe Brigitte. Wenn wir nicht innerhalb von zwei Tagen deine Unterschrift unter dem Polizeibrief haben, dann bekommt Brigitte diese schönen Fotos von unserem netten Reeperbahnbummel. Ihr wart doch damals schon ein Paar? Du wirst dich sicherlich an die reizende Rothaarige erinnern und ihren Spruch, mit dem sie dich vom Tresen weggelockt hatte - oben ein verrostetes Dach, unten ein feuchter Keller?"

Die Schweißflecken unter Gerhard Rixens Achseln hatten mittlerweile fast die Größe des Bordesholmer Sees erreicht.

„Jungs, wir sind doch Freunde. Das könnt ihr nicht machen!"

Seine drei Freunde hatten das Haus aber schon verlassen.

22

„Mensch Mama, komm endlich. Wir müssen los. Wozu musst du dich noch schminken? Du sollst mich doch nur zum Fußballspiel nach Nortorf fahren", rief Finn. Er war aufgeregt, weil er zum Pokalspiel gegen den TuS Nortorf rechtzeitig eintreffen wollte, sonst wäre er automatisch wieder nur Ersatzmann und würde erst in der zweiten Halbzeit eingewechselt. Er hatte sich informiert, die C-Junioren von TuS Nortorf waren in ihrer Tabelle an zwölfter Stelle, die müssten doch zu schaffen sein. Seine Fußballtasche hatte er schon vor Tagen gepackt. Selbst Bandagen hatte er eingesteckt, weil seine Mutter darauf bestand. Eine Flasche Vitaminsaft hatte sie ihm zur Stärkung für das Spiel gekauft.

„Hast du deine Bandagen?" kam prompt die Frage.

„Ja, und an die Vitaminflasche habe ich auch gedacht. Mach schon, wir müssen los."

„Passen die Schuhe zu meiner Hose? Nein, die sind zu elegant, die passen nicht zum Sport." Erika Friedberg stand unschlüssig vor dem Spiegel.

„Sag mal Mama, spielst du Fußball, oder ich?"

Wenn Erika ehrlich sein sollte, freute sie sich nicht unbedingt auf das Fußballspiel ihres Sohnes, sondern eher auf die Fahrt mit ihrem neuen Mini Cooper. Beim Kauf hatte sie ihren Wunsch geäußert:

„Die Farbe ist mir egal, Hauptsache schwarz."

Den Sonntag könnte sie sich auch anders gestalten. Sie hatte schließlich dienstfrei. Aber seit sie geschieden war, musste sie sich mehr um Finn kümmern, und schließlich war es ihr lieber, wenn er Fußball spielte, als irgendwo herumzuhängen. Und sie hatte Finn versprochen, ihn zum Spiel zu fahren. Erika hatte im Internet recherchiert, eine Busverbindung gab es nicht und mit der Bahn brauchte er allein für die Hinfahrt eine dreiviertel Stunde. Das Angebot des Trainers, eine Fahrgemeinschaft zu bilden, hatte sie dankend abgelehnt. Sie wollte sich allein um Finn kümmern.

„Was suchst du denn jetzt noch?" fragte Finn genervt.

„Taschentücher, die sind wichtig, die musst du immer bei dir haben, mein Liebling."

„Ich werde noch wahnsinnig!" Finn strich mit der Hand unbeholfen durch seine Haare, „Und nenn mich nicht Liebling, du weißt, das mag ich nicht."

„Ja, mein Schatz", erwiderte Erika und brachte Finns Haare in die ursprüngliche Form. Finn machte einen Schritt zurück, um aus der Reichweite von Erika zu kommen.

„Komm jetzt Mama, hier sind deine Auto- und die Türschlüssel." Um Zeit zu sparen hatte Finn vorsorglich alles Notwendige aus dem Schlüsselschrank geholt. Er öffnete die Haustür und sprang die Stufen mit einem einzigen Satz hinunter.

„Das sollst du doch nicht!" Erika machte sich ständig Sorgen, ihrem Sohn könnte etwas passieren. Sie schüttelte ihren Kopf, „Mit wem rede ich eigentlich dauernd?" Finn stand schon am Auto und wartete ungeduldig.

Um möglichst schnell auf die L 49 zu kommen, fuhr Kommissarin Friedberg auf dem Moorweg an Hagebau und dem SAM Sportpark vorbei. Im **vitaMAX** Fitnesscenter hatte Erika schon manchen Schweißtropfen vergossen.

Als sie an der unübersichtlichen Kreuzung gegenüber dem Ökologischen Gewerbegebiet anhielten, um zu sehen, ob die Straße frei war, qualmte ein alter Laster an ihnen vorbei.

„Ha", lachte Finn, „was ist denn das für ein alter Schlorren."

„Ich kann mir nicht vorstellen, dass so ein altes Auto eine teure Fahrerlaubnis für den heutigen Sonntag hat", erwiderte Erika. „Die wäre ja teurer als das alte Auto."

Die Straße war jetzt frei und sie konnten sich hinter dem LKW einordnen.

„Und ein Bremslicht geht auch nicht", kommentierte Finn.

„Wenn ich jetzt nicht meinen Sohn zum Fußball fahre, dann bringt der mich um", sinnierte Erika. Schnell griff sie zum Handy und wählte die Bordesholmer Polizei an. Da sie über Bluetooth telefonierte, konnte Finn mit anhören, was sie sagte.

„Ja, hier ist Erika Friedberg von der Kripo, Ich habe vor mir einen LKW mit polnischem Kennzeichen, der auf der L49 Richtung Nortorf fährt. Können sie mir zwei Beamte schicken, um die Personaldaten, Ladungspapiere und die Sonntagsfahrerlaubnis zu überprüfen?"

„Kein Problem, wir haben gerade einen Streifenwagen auf der Kieler Straße, der ist in kürzester Zeit bei ihnen."

„Siehst du", Erika drehte sich triumphierend zu Finn, „so was machen wir nebenbei." Und ihr Triumph wurde noch größer, als sie weit hinten sah, wie ein Peterwagen auf die L49 bog. Schnell kam der näher, als er kurz hinter ihnen das Martinshorn anstellte und sie rasant überholte. Grinsend hob der Beifahrer seinen Zeigefinger zum Gruß an die Mütze, die er schon aufgesetzt hatte. Während die Polizei den LKW überholte, ließ der Beifahrer die Seitenscheibe runter und hielt die Kelle raus.

„Mama, hältst du jetzt wirklich an?" fragte Finn, weil er die Prioritäten erkannte.

„Nur zwei Minuten, ich will nur wissen, was dahinter steckt. Warte hier im Auto."

Als sie ausstieg, hörte sie den Fahrer mit Akzent sagen: „Entschuldigen sie bitte, Herr Oberhauptwachmeister, ich habe nur den Auftrag, so schnell wie möglich die Ladung nach Hoffeld zu bringen."

„Vielen Dank für die Beförderung", antwortete Polizeiwachtmeister Schmidt, „aber könnte ich ihren Personalausweis, Fahrzeugpapiere und ihre Sonntagsfahrerlaubnis haben? Und machen sie die Musik mal aus, man kann ja kaum einen klaren Gedanken fassen."

Damian ging es nicht gut. Das war das Letzte, was er sich vorgestellt hatte. Er hatte sein Glück zu sehr strapaziert.

„Eine Sonntagsfahrerlaubnis? Die habe ich nicht", erwiderte Damian, während er aus dem Führerhaus sprang.

„Was haben sie denn geladen, das so wichtig ist, dass sie Sonntags fahren müssen?"

„Ich habe keine Ahnung, ich sollte mich nur beeilen, um die Ladung schnell nach Hoffeld zu bringen."

„Na, zeigen sie mal her, was sie geladen haben."

Polizeiwachtmeister Schmidt ging mit Damian nach hinten zur Ladefläche, während Erika Friedberg sich mit dem zweiten Polizisten unterhielt.

„Na, wie sieht's aus?" fragte sie.

„Die Tauglichkeit des Wagens haben wir noch nicht geprüft, aber mit der Ladung stimmt was nicht. Keine Sondererlaubnis."

„Ach!" Hörten die beiden den Wachtmeister Schmidt vom hinteren Teil des LKWs. „Die Ladung kenne ich doch. Keine hundert Meter weiter liegen noch mehr von den weißen Säcken. Sind das die gleichen?" fragte er den Fahrer.

Wenn es möglich wäre, dann ginge es jetzt Damian noch schlechter. Ihm wurde übel.

Erika Friedberg tat der Fahrer leid. Irgendwie war er ihr sympathisch mit seinem ärmellosen Hemd, das in einer Jeans steckte. Er war nicht sehr groß, aber drahtig. Ein bisschen nach Abenteuer sah er mit seinen kurz geschorenen Haaren und dem Dreitagebart aus. Das Abenteuer bekam er jetzt, mehr als ihm lieb war.

Damian nickte nur. Schmidt bückte sich, um die Reifen zu inspizieren.

„Sagen sie mal, waren sie das mit den Säcken da hinten?" fragte er genüsslich. Damian war verwirrt, warum vermutete der Polizist, dass er das sein könnte? Wenn er jetzt lügen würde, und sie bewiesen, dass er es war, würde es immer schlimmer für ihn.

„Ja", flüsterte Damian.

„Und was ist das in den Säcken?" hakte Schmidt nach.

„Pflanzenschutzmittel."

„Sie haben doch vorhin gesagt, sie wüssten nicht, was für eine Ladung sie haben. Hatten sie einen Unfall?"

„Ich war von der Fahrbahn abgekommen, da musste ich die Ladung loswerden, um wieder aus den Schlamm zu kommen."

„Mama", rief Finn ungeduldig aus dem Auto und zeigte auf seine Uhr.

„Ja mein Schatz, ich komme gleich" und zu Schmidt gerichtet:

„Woher wussten sie, dass er es war?"

„Die abgefahrenen Reifen", erwiderte Schmidt trium-phierend.

„Alles klar" rief Erika Friedberg, während sie zum Auto ging. „Bringen sie den LKW zum Polizeihof, nehmen sie die Personalien auf und informieren sie in Kiel das Labor, wonach sie suchen sollen, das geht dann schneller."

Während sie ins Auto stieg, schossen ihr die Gedanken durch den Kopf: „Pflanzenschutzmittel, Fischsterben und sogar zwei Tote?"

23

Klaus Tönnsen kämpfte verzweifelt um sein Leben.
„Scheiße, ich komme hier nicht raus", stöhnte er halb von Sinnen. Er schlug mit seinen langen Armen um sich und strampelte mit den kräftigen Beinen. Doch er fand keinen rettenden Grund, sondern beschleunigte damit sein Sterben. Durch seine heftigen Bewegungen kam die Gülle, in die er hineingefallen war, richtig in Wallung und setzte heimtückische und gefährliche Schwefelwasserstoffdämpfe frei. Da Tönnsen seine Schweine immer besonders eiweißreich gefüttert hatte, war die Schadstoffbildung in seiner Gülleanlage stärker als bei anderen Landwirten. Das warme Wetter der letzten Wochen hatte zusätzlich zu der hohen Konzentration des tödlichen Schwefelwasserstoffes beigetragen. Aber darüber konnte Tönnsen sich gar keine Gedanken mehr machen. Die aufsteigenden Gase raubten ihm sein Bewusstsein, der Kopf fiel vornüber in die Gülle und damit war sein Tod genauso extravagant und dramatisch wie sein ganzes Leben.

*

„Klaus! Telefon!" Ziemlich laut und schrill hallte die Stimme von Tanja Tönnsen über den Hof. „Hans-Werner will dich sprechen."
Sie führte ihr iPhone wieder zum Mund:
„Hans-Werner, ich weiß auch nicht, wo der jetzt wieder steckt. Sein Auto steht jedenfalls auf dem Hof, weit weg

kann er nicht sein. Ich sag' ihm nachher Bescheid, dass er dich zurückrufen soll. Grüß Sabine schön!"

Eigentlich wollte Tanja pünktlich zu „Kamm und Schere", um ihre Strähnen tönen zu lassen. Um den vereinbarten Termin nicht zu verpassen, beschloss sie, ihren Mann später zu suchen und ihm von dem Telefongespräch zu erzählen.

„Wahrscheinlich geht es mal wieder um die blöde Gülle", dachte sie.

*

Beschwingt von einem Glas Prosecco und von ihrem frischen und frechen Aussehen fuhr Tanja drei Stunden später mit ihrem schicken neuen Beetle Cabrio auf den heimischen Hof.

„Wo ist der Kerl denn bloß geblieben?" Mit Verwunderung stellte sie fest, dass der Geländewagen an der gleichen Stelle wie vorher stand und dass sich die Post noch im Briefkasten befand.

„Klaus ist doch sonst immer so neugierig, wenn Kuschel Erdmann die Post bringt. Manchmal bekommt er wohl auch Post, von der ich nichts wissen soll." Tanjas Lächeln trübte sich durch Sorgenfalten, während sie die Briefe aus dem Kasten nahm und die Absender überflog.

Sie klapperte seinen Namen laut rufend Haus und Hof ab. Als sie an der offenen Gülleanlage vorbeikam, verschlug es ihr die Sprache. Ihr Blut gefror in den Adern:

In der stinkigen dunklen Gülle lag ein Mann. Bewegungslos. Mit dem Bauch nach unten. Auch wenn Tanja sein Gesicht nicht erkennen konnte, sie wusste sofort: Es war Klaus!

Sie stürzte zu ihm und versuchte, ihn aus der ekligen Brühe herauszuziehen. Im trockenen Zustand wog Klaus gut und gerne zwei Zentner. Jetzt erhöhten seine von der Gülle durchfeuchteten Kleidungsstücke das Gewicht beträchtlich. Als regelmäßige VitaMAX-Besucherin war Tanja in guter Kondition, aber trotz ihrer heftigen Bemühungen schaffte sie es nicht, Klaus aus der Gülle zu ziehen. Zitternd vor Aufregung und heulend wegen des schrecklichen Anblicks tippte sie 112 in ihr iPhone.

„Sie müssen schnell kommen, mein Mann liegt im Güllebehälter… Wo?... Ach so, Klaus Tönnsen in Brügge." Schluchzend beendete sie das Gespräch und wartete eine gefühlte Ewigkeit, bis eine Armada von Feuerwehr- und Rettungsfahrzeugen auf den Hof fuhr. Das Bergen der Leiche verlief schnell und unproblematisch: zwei kräftige Feuerwehrleute befestigten ein Seil an den Beinen von Klaus und zogen ihn vorsichtig, aber mit der nötigen Kraft aus dem Güllebehälter. Der inzwischen ebenfalls eingetroffene Notarzt aus Kiel stellte nach kurzer Untersuchung den Tod von Klaus Tönnsen fest.

*

„Ist die Spurensicherung schon dagewesen?" Bielfeld nahm sein Taschentuch von der Nase und blickte seine Kollegin Friedberg fragend an.

„Ja Chef, alles in Arbeit. Die Kollegen haben aber auf die Schnelle keine verwertbaren Spuren feststellen können."

„Gibt es Zeugenaussagen, die uns weiterhelfen können?"

„Die Ehefrau des Opfers war nachweislich drei Stunden beim Friseur, davor hatte sie lange mit ihrer Mutter in Rendsburg telefoniert. Beides habe ich überprüft."

„Naja, mit Friseurterminen und Muttitelefonaten kann man als Frau ja auch den Tag rumkriegen." Bielfeld konnte sich eine gewisse Ironie nicht verkneifen.

„Hatte Herr Tönnsen denn irgendwelche Feinde?" wollte er wissen.

„Ja Chef, Frau Tönnsen hat in ihrem Schockzustand einen gewissen Mick Jagschies erwähnt. Dieser soll Klaus Tönnsen mehrmals sehr aggressiv für den Tod seiner kleinen Tochter verantwortlich gemacht haben."

„Davon habe ich gehört. Haben wir denn die Anschrift dieses Herrn? Dann fahren wir doch gleich hin." Bielfeld zeigte großes Interesse, wenigstens diesen Todesfall schnell aufklären zu können.

*

Mick Jagschies und seiner Frau Angie war die Trauer um den Tod der kleinen Jane deutlich anzusehen: Beide waren leichenblass, hatten rotgeränderte Augen und wirkten völlig apathisch. Sie taten sich schwer, die Kriminalbeamten ins Wohnzimmer zu bitten:

„Tut mir leid, ich bin nicht zum Aufräumen gekommen", entschuldigte sich Angie. Alle blieben unschlüssig im kleinen Hausflur stehen. Als Erika Friedberg durch die halbgeöffnete Tür einen kurzen Blick in das Kinderzimmer werfen konnte, bekam sie einen Schreck: „Chef, schau mal", flüsterte sie Bielfeld ins Ohr. „Janes Kleidung liegt noch auf dem Bett. Ihre Spielsachen auf dem Boden. Haben die beiden den Tod von Jane noch gar nicht realisiert?" Bielfeld zuckte mit den Schultern. Als er ins Kinderzimmer sah, fiel sein Blick auf ein halb angetrunkenes Saft-Glas auf dem Tisch.

„Hat Jane den Saft getrunken?"

„Ja, tut mir leid, aber ich bin wirklich noch nicht zum Wegräumen gekommen." Angie wollte das Glas in die Küche bringen.

„Wir sollten den Inhalt untersuchen. Sie haben doch nichts dagegen?" Friedberg verstand den Hinweis ihres Chefs sofort und verstaute das Glas mit Inhalt in einem Plastikbehälter, den sie aus ihrer großen Handtasche nahm.

Angie reagierte auf die Nachricht, dass Klaus Tönnsen tödlich verunglückt sei, völlig überdreht:

„Der liebe Gott hat ein Einsehen gehabt und diesen schrecklichen Kindermörder zu recht bestraft. Ich hoffe, er ist elendig in seiner Schweinescheiße ersoffen und musste lange leiden!"

Mick, der wohl ahnte, welche unangenehmen Fragen ihm die Kriminalbeamten stellen würden, schaute sehr betroffen aus der Wäsche und versuchte halbherzig, seine Frau zu beruhigen.

„Herr Jagschies, es ist ja aktenkundig, dass sie mit Herrn Tönnsen nach der Versammlung im Bordesholmer Rathaus eine Auseinandersetzung hatten.

Sie sollen ihn mehrmals sehr aggressiv bedroht haben. Wo waren sie heute Vormittag in der Zeit von acht bis dreizehn Uhr?" Bielfeld ging gleich in Medias Res.

Mick Jagschies rutschte völlig nervös auf seinem Stuhl hin und her. Er griff sich hektisch an die Nase:

„Ich war heute Morgen in der Feldmark spazieren. Wollte auf andere Gedanken kommen."

„Aber doch nicht fünf Stunden lang? Sind sie denn nicht zur Arbeit gegangen?" Erika Friedberg hakte nach.

„Nein, ich habe mich dort wegen starker Kopfschmerzen krank gemeldet."

„Gibt es Zeugen für ihren Spaziergang, die ich jetzt gleich anrufen kann." Bielfeld ließ den „Bad Cop" heraushängen. „Anderenfalls müssen wir sie wegen dringenden Tatverdachtes gleich mitnehmen."

Mick Jagschies wurde leichenblass und war vor der weißen Raufasertapete kaum noch zu erkennen. Völlig aufgeregt fing er an zu stottern:

„Nein, nein. Ich war es nicht. Nein wirklich nicht. Stecken sie mich nicht ins Gefängnis. Bitte. Das können sie uns nicht antun."

„Herr Jagschies, wenn sie nicht in Untersuchungshaft wollen, müssen sie uns Zeugen nennen, die ihren Spaziergang zur Tatzeit bestätigen können."

„Aber Mick, du bist doch um halb neun mit dem Motorrad weggefahren. Wo warst du denn so lange?" Angie hatte sich etwas gefangen.

Mick rieb sich mit seinen schweißnassen Händen über die Schläfen.

„Jetzt ist sowieso alles im Arsch. Rufen sie dort an und fragen sie nach Chantal und Nathalie." Er zog einen Flyer vom Saunaclub ‚Venus' aus der Hosentasche.

„Die beiden können ihnen bestimmt bestätigen, dass ich heute Vormittag vier Stunden bei ihnen war." Angie verlor völlig die Fassung und traktierte ihren Mann mit heftigen Ausdrücken und zarten Fäusten.

*

Bielfeld und Friedberg fuhren sofort in das genannte Etablissement an der alten B4. Als sie den Damen Chantal und Nathalie den Personalausweis von Jagschies zeigten, stießen beide kleine spitze Jubelschreie aus:

„Ja der war heute hier. Und wie der hier war. Da bringt unser Beruf richtig Spaß!" Nathalie kam ins Schwärmen.

„Erst gab es Schampus im Pool. Und dann ging es zu dritt richtig zur Sache." Auch Chantal hatte den Vormittag genossen.

„Gegen Mittag waren wir alle fix und fertig!"

*

Mick Jagschies durfte nach diesen Zeugenaussagen zu Hause bleiben. Seine Ehefrau legte auf seine Anwesenheit allerdings überhaupt keinen Wert. Sie packte zwei Reisetaschen und fuhr zu ihrer Mutter nach Neumünster.

„Und wie soll es jetzt weitergehen?" Bielfeld schaute fragend seine Kollegin an.

131

„Also ich muss heute Nachmittag frei nehmen. In der Hans Brüggemann Schule ist eine wichtige Informationsveranstaltung zum Thema ‚Ein Jahr gymnasiale Oberstufe in der HBS‘. Da muss ich wegen Finn hin, damit wir wissen, wie es mit seiner Schullaufbahn weiter gehen soll.“

„Ok, ich fahre dann nach Kiel und mache im Präsidium die fälligen Berichte fertig. Nach diesem Gespräch mit den Eltern von Jane habe ich keine Lust auf normale Arbeit!“

„Wenn du auf der Fahrt nach Kiel nochmal bei Chantal und Nathalie vorbeischaust, bestell schöne Grüße von mir!“

*

Die stickige Luft in der Aula der Hans Brüggemann Schule stellte eine große Herausforderung an die Konzentration der Anwesenden dar. Der Schulverbandsvorsteher, der Amtsdirektor und der Schulleiter hatten leider auch nicht ihren besten Tag erwischt. Während ihrer langatmigen Reden nickte Erika Friedberg immer wieder ein. Ein Kaffee- oder Sektausschank zum Aufputschen der müden Häupter war leider nicht vorgesehen. Um nicht völlig abzusegeln, stand Friedberg unauffällig und leise auf und sah sich während der Rede des Schulleiters die an der Seite der Aula stehenden Fotowände ‚Geschichte der Hans Brüggemann Schule‘ an.

Als sie bei einem Foto ‚Abschlussfeier 1978‘ angekommen war, wurde sie mit einem Mal hellwach:

„Das sind doch Tanja Tönnsen und Gerhard Rixen, beide eng umschlungen!"

Schnell konnte Friedberg die damalige Klassenlehrerin, eine gewisse Frau Ingeborg Reisinger, unter den Zuschauerinnen ausmachen: Eine ältere Dame mit weißblonden Haaren, hellblau blitzenden Augen und einem charmanten österreichischen Dialekt:

„Ja Servus, natürlich kann ich mich an Tanja Flohr und Gerhard Rixen erinnern. Ich kam damals als junge Lehrerin aus dem konservativen Österreich in den hohen Norden und war batz erstaunt, wie offen und frech die beiden ihre junge Liebe zeigten. Meines Wissens waren beide auch nach der Schulzeit lange zusammen geblieben. Was dann aus ihnen geworden ist, weiß ich leider nicht."

Erika Friedberg bedankte sich herzlich bei der netten Pensionärin und rief sofort Wilhelm Bielfeld an, um ihm die Neuigkeiten zu erzählen:

„Lass den Büro-Kram liegen, wir treffen uns in einer halben Stunde bei Tanja Tönnsen."

*

„Tag Frau Tönnsen, wir wollten sie nur sofort über das Gespräch mit Herrn Jagschies informieren." Mit knappen Worten schilderte Bielfeld der Witwe die Situation.

„Frau Tönnsen, warum haben sie uns ihr jahrelanges Verhältnis zu Herrn Gerhard Rixen verschwiegen. Der hatte, wie wir im Polizeipräsidium in Kiel erlebt haben, doch auch Probleme mit ihrem verstorbenen Mann."

Erika Friedberg benutzte gerne kleine Notlügen:

„Die beiden sind auf dem Parkplatz sehr stark aneinander geraten. Es ging dabei um die Gülle-Problematik und die Vorfälle im Bordesholmer Land."

„Wir hatten doch kein Verhältnis. Gerhard und ich waren auf der Schule eng befreundet. Diese Freundschaft ging aber zwei Jahre später auseinander, als ich Klaus in Kiel kennen lernte."

„Wann haben sie Herrn Rixen das letzte Mal gesehen?"

Tanja Tönnsen zögerte eine Weile:

„Gestern Abend. Er rief mich an und fragte, ob wir uns alleine, das heißt ohne Klaus sprechen könnten. Da Klaus gestern seine Jahreshauptversammlung bei der Feuerwehr hatte, passte es gut. Gerhard erzählte mir dann sehr aufgeregt, dass Klaus ihn wegen eines Bordell-Besuches vor vielen Jahren erpressen würde. Ich versuchte ihn zu beruhigen und bot ihm an, dass ich mich mit seiner Frau Brigitte darüber unterhalten würde. Gerhard ist dann gegen elf Uhr abends mit dem Fahrrad nach Hause
gefahren."

„Und wann haben sie ihren Mann das letzte Mal lebend gesehen?"

„Gestern Abend gegen sieben Uhr, als er zur Wehr gehen wollte. Da diese Jahreshauptversammlungen immer sehr feucht-fröhlich enden, wollte Klaus in seinem Arbeitszimmer übernachten. Ich sollte ihn dann ausschlafen lassen und heute Morgen nicht stören."

„Sie haben also nicht nachgesehen, ob ihr Mann tatsächlich im Arbeitszimmer schlief?" Erika Friedberg war etwas verwundert.

"Nein, habe ich nicht. Meine Mutter rief mich heute früh an und hatte tausend Probleme, bei denen ich ihr helfen sollte. Und dann war ich bekanntlich beim Friseur."

„Haben sie heute mit Herrn Rixen gesprochen? Weiß er vom Tod ihres Mannes?"

„Nein, ich habe noch nicht mit ihm darüber gesprochen."

„Das werden wir jetzt nachholen. Rufen sie ihn jetzt bitte nicht an, Frau Tönnsen."

*

Gerhard Rixen, der bereits in der Schule wegen mangelnder Begabung aus der Theatergruppe herausgeworfen worden war, konnte kein Erstaunen über den Tod von Klaus Tönnsen heucheln. Nachdem Bielfeld und Friedberg etwas rabiater im Umgangston wurden, gab Rixen sofort sein nächtliches Treffen mit dem schwer angetrunkenen Tönnsen zu.

„Klaus kam mir, als ich sein Haus gerade verlassen hatte, in seiner Feuerwehruniform entgegen. Er war stark alkoholisiert und pöbelte mich an. Ob ich mit seiner Frau geschlafen hätte, wollte er wissen. Wir haben uns dann auch wegen seiner Gülle-Geschichte richtig in die Wolle bekommen. Ich wollte losradeln, aber Klaus versuchte mich mit Schlägen daran zu hindern. Da Klaus viel größer und stärker als ich war, habe ich in meiner Not zu einer Mistgabel gegriffen, die dort zufällig auf dem Hof stand. Beim Versuch, dieser Mistgabel auszuweichen, ist Klaus dann in seinem Suff auf dem schmierigen Boden gestürzt und kopfüber in den Güllebehälter gefallen. Ich habe noch versucht, ihn herauszuziehen. Aber mir wurde selbst schlecht von den Gülledämpfen. Ich habe kurz das Bewusstsein verloren. Als ich wieder zu mir kam, war Klaus schon ertrunken."

Rixen wurde zwecks weiterer Untersuchungen ins Polizeipräsidium nach Kiel gebracht.

„Na, diesen Täter haben wir ja schnell gefunden, Danke an die Hans Brüggemann Schule und an Frau Reisinger! Ob er aber wegen Totschlags oder nur wegen unterlassener Hilfeleistung vor den Kadi kommt, muss die Staatsanwaltschaft entscheiden. Aber vielleicht findet sich ja auch ein Winkeladvokat, der ihn mit Hinweis auf eine Notwehrsituation retten kann." Bielfeld klang etwas resigniert.

24

Kommissarin Friedberg schaute sich unentschlossen um, bis sie Wachtmeister Schmidt erblickte.

„Hallo Herr Wachtmeister, wie ist der Stand der Dinge mit unserem Polen?" rief sie ihm über den Tresen in der Polizeistation hinweg zu.

„Kommen sie rüber, hier können wir uns in Ruhe unterhalten."

„Ich habe ihnen einen Kaffee mitgebracht", eröffnete sie das Gespräch.

„Oh, vielen Dank, den kann ich jetzt gut gebrauchen. Nehmen sie doch Platz." Wachtmeister Schmidt deutete auf den Stuhl vor seinem Schreibtisch.

Friedberg nahm einen Schluck aus dem Becher, ehe sie das Gespräch fortsetzte.

„Ich bin sehr daran interessiert, was sie herausbekommen haben. Wir sind an dem Fall dran, weil es hier in Bordesholm auf unerklärliche Weise zu gesundheitlichen Problemen gekommen ist." Vorsichtshalber pustete Schmidt mit spitzem Mund den Kaffee an, um sich nicht zu verbrennen. Er genoss die Situation, weil er ein wichtiges Indiz gefunden hatte.

„Als ich dem Fahrer erklärte", begann er, „dass die Reifenspuren die gleichen waren, wie die im Schlamm von voriger Woche, wurde er gesprächig und hat alles zugegeben."

Friedberg rutschte ungeduldig auf ihrem Stuhl. Sie brauchte Fakten.

„Der Fahrer Damian..., äh, den Nachnamen kann ich nicht aussprechen. Egal, also der Fahrer hat zu Protokoll gegeben, dass er letzte Woche auf der L49 Richtung Hoffeld, kurz hinter der Brücke beim Brautberg, von der Straße abkam und rechts im Acker landete. Um wieder rauszukommen, hat er einen Teil seiner Ladung, immerhin konzentriertes Insektenschutzmittel, vom LKW auf den Acker geschmissen. Dass dort die Quelle des Zuflusses des Bordesholmer Sees ist, wusste er natürlich nicht."

Friedberg nickte zustimmend.

„Die Techniker sind dabei, den LKW zu überprüfen. Sie konnten den Wagen noch nicht einmal fahren, weil der Sitz nicht zu verstellen war. Das Lenkrad hatte zu viel Spiel, die Handbremse ließ sich nicht lösen, um nur einiges zu nennen."

Das waren alles Dinge, die Friedberg nicht interessierten.

„Und weiter?" drängelte sie deshalb.

„Das Ordnungsamt hat angeordnet", fuhr Schmidt fort, „die Erde unter dem abgeworfenen Insektenschutzmittel auszuheben, und schichtweise vom Labor in Kiel untersuchen zu lassen. Die wissen ja inzwischen auch, wonach sie suchen müssen. Dann können die sagen, ob das Grundwasser und der Kalbach verseucht sind. Das wäre zumindest eine Erklärung für das Fischsterben im Bordesholmer See.

Des Weiteren läuft ein Verfahren der Staatsanwaltschaft gegen den Fahrer, weil die Ware nicht richtig deklariert war, und er keine Sonntagsfahrerlaubnis hatte. Die prüfen auch noch, ob Fluchtgefahr besteht und ob er in U-Haft bleibt."

Die örtliche Polizei hatte eine ganze Menge herausgefunden. Friedberg schnaufte zufrieden.

„Und die Lieferadresse, wo das Zeug hin sollte, hatte der Fahrer auch bei sich."

„Prima", Friedberg schaute auf das Namenschild, „Herr Wachtmeister Schmidt, schicken sie mir doch das Protokoll rüber zur Kripo und halten sie mich weiter auf dem Laufenden."

Erika Friedberg würde Bielfeld informieren. Langsam kam der Fall ins Rollen.

Sie musste sich beeilen, sie wollte für Finn noch ein paar neue Schnürsenkel kaufen. Beim Spiel gegen Nortorf war ihm kurz vor dem gegnerischen Tor ein Schnürsenkel gerissen, und so kam er nicht zum Torschuss. Er war stinksauer. Seine Mannschaft hatte Eins zu Null verloren und war aus dem Pokal ausgeschieden. Erika Friedberg musste sich was einfallen lassen, damit Finn wieder gute Laune bekam.

25

„Hey Chef, ich glaube, wir sind der Aufklärung unserer Todesfälle deutlich näher gekommen." Aufgeregt stürzte Erika Friedberg ins Büro von Bielfeld und reichte ihm den Laborbericht. „Hier, schau mal rein."

„Nun mal langsam. Ich lese gerade den Sportteil in den Kieler Nachrichten. Schade, dass Holstein Kiel am Sonnabend in Duisburg verloren hat. Hoffentlich packen die jetzt die Relegation zur Zweiten Liga. Um dann gegen den HSV oder Hannover 96 spielen zu können und natürlich gegen St. Pauli."

Friedberg schaute ihren Chef etwas irritiert an.

„Ich habe hier die Laborergebnisse des Saftes, den Baby Jane kurz vor ihrem Tod getrunken hat. Hast du früher im Chemieunterricht gut aufgepasst? Oder soll ich dir das Gutachten lieber erklären?" Erika Friedberg ließ die Musterschülerin raushängen.

„Also, im Saft konnten Spuren von Tetanospasmin und auch von Botulinumtoxin nachgewiesen werden."

„Das sind doch bakterielle Gifte, die beim Verwesungsprozess von Tieren entstehen?" Auch Bielfeld war nicht ganz doof.

„Genau Chef. Und Menschen, die diese Gifte zu sich genommen haben, zeigen unter anderem dieselben Symptome wie Baby Jane und wie die letzte Woche verstorbene Nele Hansen. Auch bei der alten Frau Niemann, über deren Tod uns Doktor Brinkmann nachträglich informiert hat, waren ähnliche Symptome festgestellt worden."

„Die ist aber nicht obduziert worden?"

„Nein, alle Beteiligten waren aufgrund des Alters und der Krankengeschichte von einem natürlichen Tod ausgegangen. Eine Obduktion von Frau Niemann ist leider nicht mehr möglich. Deren Urne ist diese Woche in der Kieler Förde beigesetzt worden."

„Na, da müssen wir mal wieder Hausbesuche durchführen und bei den Hinterbliebenen nachfragen, ob die Todesopfer ähnlichen Saft getrunken haben und woher dieser Saft stammt."

*

„Guten Tag, Frau Niemann. Wir haben uns ja telefonisch angemeldet. Dürfen wir eintreten?" Bielfeld und Friedberg zeigten ihre Dienstausweise vor.

„Ja, kommen sie bitte rein. Mein Mann ist aber nicht zu Hause." Käthe Niemann hatte ihre Sonntagskleidung angezogen, um einen besonders guten Eindruck zu machen.

„Aber einer muss ja das Geld verdienen. Was kann ich denn für sie tun?" Erwartungsvoll schaute sie ihren Besuch an.

„Frau Niemann, bei einem anderen Todesopfer haben wir festgestellt, dass dieser Saft getrunken hat, in dem bestimmte bakterielle Gifte enthalten waren. Wir würden gerne untersuchen, ob diese Gifte auch für den Tod ihrer Schwiegermutter ursächlich gewesen sein können." Erika Friedberg berührte freundschaftlich Frau Niemann an der Schulter.

„Eine Obduktion der Toten ist ja nicht mehr möglich. Aber vielleicht haben sie noch Flaschen oder Gläser mit dem Saft, den ihre verstorbene Schwiegermutter laut Herrn Doktor Brinkmann so gerne getrunken hat."

Käthe Niemann strahlte über das ganze Gesicht:

„Na, da haben wir aber Glück. Ich habe die leeren Flaschen gerade gesammelt und wollte sie in die Spülmaschine stellen. Morgen kommt nämlich unser Nachbar, Opa Ehrke, um sie abzuholen. Von ihm bekommen wir regelmäßig den Apfelsaft, den Gertrud zum Schluss anstelle des von ihr geliebten Spätburgunders getrunken hat."

„Geben sie uns das Leergut bitte mit. Wir machen es dann nach der Untersuchung auch wieder sauber", freute sich Bielfeld.

„Bekommen wir noch die Anschrift von Herrn Ehrke?"

*

Der Besuch bei Nicole Hansen verlief sehr viel trauriger.

„Ich kann den Tod von Nele nicht verwinden und mache mir schwere Vorwürfe wegen ihrer Teilnahme am Segelkursus. Nele hatte doch vorher schon solche Angst wegen der toten Fische im See!"

„Frau Hansen, der Tod ihrer Tochter bleibt schrecklich und traurig. Aber wegen des Segelns brauchen sie sich keine Vorwürfe mehr machen." Erika Friedberg zeigte Mitgefühl.

„Wir haben einen Verdacht, dass unreiner oder vergifteter Obstsaft die Todesfälle der letzten Wochen verursacht haben kann. Was hat Nele denn am liebsten getrunken? Und welche Getränke hat sie am Todestag zu sich genommen?" Bielfeld hatte mal wieder wenig Zeit.

„Da Nele immer sehr auf ihre Figur geachtet hat, ließ sie Cola und Fanta und andere Softdrinks immer links liegen. Und Mineralwasser fand sie zu langweilig. Gerne mochte sie den selbstgemachten Apfelsaft von einem alten Nachbarn, weil der auch nicht so süß war. An ihrem Todestag, an dem es sehr heiß war, hat sie eine ganze Flasche davon getrunken."

„Kommt der Saft von einem gewissen Herrn Wolfgang Ehrke?"

„Ja, genau."

„Haben sie noch Flaschen davon vorrätig? Egal, ob voll oder leer. Die würden wir gerne im Labor untersuchen lassen."

*

Zur großen Überraschung von Bielfeld und Friedberg zeigten die beiden Proben von Opa Ehrkes Apfelsaft völlig unterschiedliche Ergebnisse: Die Flaschen von Nicole Hansen hatten einen negativen Befund: sprich keinerlei Spuren von Tetanospasmin und von Botulinumtoxin oder von sonstigen Giftstoffen. Anders der Saft der alten Frau Niemann:
Hier wimmelte es nur so von bakteriellen Giften.
Bielfeld und Friedberg standen zwanzig Minuten nach Kenntnisnahme der Laborergebnisse vor der Haustür von Herrn Ehrke. Das mobile Blaulicht auf dem Dach des Polizeipassats ermöglichte eine sehr schnelle Fahrt von Kiel nach Bordesholm.

„Mein Gott, bei dem gibt es wohl nicht nur im Saft Spuren von Verwesung. Sondern auch im Bart. Wahrscheinlich sind da Ratten drin." Voller Ekel blickte Erika Friedberg in das Gesicht von Opa Ehrke. Mit seinem zotteligen, ungepflegten Vollbart, seinen langen, ungewaschenen Haaren, die zu einem Pferdeschwanz zusammen gebunden waren und seiner pickeligen, rotgeäderten Haut sah er wie der letzte Penner aus. An den nackten Füssen trug er speckige Sandalen. Und seine Kleidung brauchte dringend eine gründliche Reinigung. „Wie kann man von so einem Typen etwas kaufen, das man später trinken will. Ich würde kotzen." Bielfeld studierte interessiert den Gesichtsausdruck seiner Kollegin. Er teilte ihre Gedanken. Erika Friedberg sprach den alten Mann an:

„Herr Ehrke, es besteht der dringende Verdacht, dass der von ihnen verkaufte Apfelsaft bakterielle Gifte enthält, die ursächlich für mindestens zwei Todesfälle sind. Zeigen sie uns bitte ihre Produktionsanlagen und ihre Kundenliste."

Opa Ehrke wurde leichenblass und wirkte völlig verstört.

„Ich verarbeite die Äpfel von meiner Streuobstwiese. Manchmal liefern die Kunden auch eigene Äpfel für die Pressung. Ich zeige ihnen das gerne. Eine Kundenliste habe ich aber nicht."

Mit schlurfenden Schritten führte er die Kriminalbeamten über eine steile, schlecht beleuchtete Treppe in seinen dunklen, modrig riechenden Keller. Hier befanden sich große Drahtkörbe. Einige waren leer, andere voller Äpfel, die auf ihre Vermostung warteten. Daneben standen alte schiefe Holzregale mit etlichen Glasflaschen.

Die größte Abteilung bestand aus Leergut, wenige Flaschen waren mit gelb-trüben Saft gefüllt.

Friedberg konnte bei diesem Geruch und diesem Anblick nur mit großer Anstrengung verhindern, ihr Frühstück dem Fußboden zu übergeben. Aber ihre Körperbeherrschung war zum Glück sehr stark ausgeprägt. Das hatte sie auch auf der Polizeischule gelernt.

„Herr Ehrke, wir müssen Proben nehmen und im Labor untersuchen lassen. Einen gerichtlichen Durchsuchungsbefehl reiche ich ihnen morgen nach. Aber hier ist Gefahr im Verzug gegeben, deswegen müssen wir sofort handeln. Sie haben doch nichts dagegen?"

„Nein, machen sie bloß. Ich will doch nicht, dass etwas Schlimmes passiert. Aber ich kann mir das alles gar nicht erklären. Ich verwende doch nur ganz frisches Obst."

„Bis das Ergebnis feststeht, nichts von dem Saft verkaufen oder verschenken.

Und bitte auch nichts selber trinken."

Der erste oberflächliche Blick auf die Obstpresse brachte keine Erkenntnisse. Sie war zwar nicht blitzsauber, aber bedeutend gepflegter als der Besitzer.

„Herr Ehrke, wird dem Saft irgendetwas zugesetzt oder wird er verdünnt?" Bei Erika Friedberg kam mal wieder die Hausfrau durch.

„Da die meisten meiner Kunden auf ihr Gewicht achten und der reine Apfelsaft sehr viel Fruchtzucker enthält, gebe ich immer ein wenig Brunnenwasser dazu."

„Wann ist ihr Brunnen das letzte Mal kontrolliert worden? Können wir mal die entsprechende Bescheinigung sehen?"

Opa Ehrke wurde nervös. Aufgeregt wühlte er mit zittrigen Händen einen Papierstapel auf dem alten Holzschreibtisch durch, der an der Seite des Kellerraumes stand.

„Ich bin so aufgeregt wegen des schlimmen Verdachtes. Ich verkaufe meinen Saft seit über zwanzig Jahren. Nie gab es Beschwerden. Alle Kunden waren immer glücklich und zufrieden. Ich finde das Schreiben vom Amt nicht auf die Schnelle.

„Ganz ruhig, Herr Ehrke. Dann zeigen sie uns doch erst mal ihren Brunnen."

„Aber ich darf den Brunnen so lange benutzen, bis ich ans öffentliche Wassernetz angeschlossen bin." Opa Ehrke bewegte sich mit langsamen Schritten in den Garten, die beiden Polizisten im Schlepptau. Vorbei an unzähligen alten Apfelbäumen gingen sie durch das hohe Gras in Richtung des hinteren Gartenzaunes. Dort lag ein schwerer Betondeckel auf einer kleinen Erhebung.

„Hier ist mein Brunnen. Ich trinke daraus seit vielen Jahren und mir geht es sehr gut damit."

Erika Friedberg musste jetzt doch etwas schmunzeln. An der frischen Gartenluft hatte sich ihr Ekel gelegt und war einem gewissen Mitleid für diesen alten, hilflos wirkenden Mann gewichen.

„Können sie den Brunnendeckel mal zur Seite bewegen. Ich helfe ihnen gerne dabei." Mit vereinten Kräften zerrten Bielfeld und Opa Ehrke an dem schweren Deckel. Ohne Vorwarnung drang den Dreien ein bestialischer

Verwesungsgeruch in die Nase. Mit der in Eutin gelernten Körperbeherrschung von Erika Friedberg war es schlagartig vorbei und sie erbrach sich in das tiefe Gras.

„Mein Gott, was haben sie in ihrem Brunnen?" Vorwurfsvoll blickte Bielfeld Opa Ehrke an. „Haben sie dort ihre Erbtante versteckt?" Geschmacklose Witze gab es auch auf Seiten der Polizei.

Opa Ehrke schaute ihn völlig verzweifelt an:

„Was denken sie nur von mir. Ich habe keine Erbtante. Und im Brunnen habe ich nichts versteckt. Der Geruch ist mir völlig unerklärlich."

Erika hatte sich etwas gefangen und war zu vernünftigen Gedanken fähig.

„Wir können hier jetzt nichts machen. Die Spurensicherung zu holen, hat meines Erachtens auch keinen Zweck. Die fallen bei dem Gestank doch tot von der Leiter.

Aber ich habe im vitaMAX den Wehrführer von Groß Buchwald kennengelernt. Der hat mir von seiner Wehr erzählt und erwähnt, dass sie Atemschutzträger haben, die mit Sauerstoffflaschen auf dem Rücken auch in total verräucherten Gebäuden arbeiten können. Diese Männer müssten uns doch weiterhelfen können. Ich werde Jochen bitten, sich mit seiner Wehr den Brunnen mal genauer anzuschauen."

26

Claas hatte recht. Der schriftliche Bescheid war am Freitag per Post gekommen.

„Wir freuen uns, Ihnen ein einwöchiges Praktikum zusagen zu können."

Claas grunzte zufrieden:

„Das hat schon mal geklappt. Die werden sich noch wundern."

„Warum bewirbst du dich beim Wasserwerk?" hatte ihn seine Mutter gefragt. „Du hast doch schon eine Lehre als Klempner abgebrochen."

„Erstens heißt das nicht mehr Klempner und zweitens ist das ein anderes Arbeiten. Weil ich im Öffentlichen Dienst als Angestellter arbeite und nicht als Geselle. Da bekommt man weniger Gehalt, aber mehr Rente, und die Arbeit ist geruhsamer."

„Du denkst schon an deine Rente? Und warum geruhsamer?"

„Als Angestellter kannst du sogar während der Dienstzeit zum Frisör gehen, und zwar mit der Begründung: „Die Haare wachsen ja *auch* während der Dienstzeit"

Claas hatte beim letzten Treffen der Gruppe den Auftrag von Raffael erhalten, einen Kompressor für den Boiler im Altbau zu besorgen. Hierzu hatte er aus der Gemeinschaftskasse 150 € bekommen. Er wollte erst bei ,Hagebau' nachschauen, was die so haben, danach bei ,Profi Kiel'.

Bei Hagebau war gleich hinter der Kasse das Werkzeug aufgebaut.

Er wollte sich gerade nach links zu den größeren Geräten wenden, als er aus den Augenwinkeln eine Bewegung wahrnahm. Claas blieb so ruckartig stehen, dass er leicht in die Knie ging.

Und dann sah er sie. Sie stand vor der Werkzeugwand und versuchte, auf Zehenspitzen etwas zu erreichen. Sie hatte Ballerinas an und ihre langen Beine steckten in schwarzen Leggins. Es sah aus, als ob sie tanzte. Ihr hellbraunes T-Shirt war hochgerutscht, weil sie versuchte, mit einer Hand etwas aus dem Regal heraus zu ziehen. Ihre Haltung gab einen Blick auf die leicht gebräunte Haut unter ihrem T-Shirt frei. Claas war irritiert. Was war mit ihm los? Mit zwei schnellen Schritten war er bei ihr.

„Kann ich ihnen helfen?" wollte er sagen, musste sich aber erst räuspern, ehe er seinen Satz erneut startete.

Überrascht ließ sie ihre Arme sinken und wendete sich ihm zu.

Ihre braunen Augen passten wunderbar zu ihrem schwarzen Haar. Sie war nicht geschminkt und hatte leicht gerötete Wangen. Vor Anstrengung oder weil sie ihn ansah, überlegte Claas. Er mochte keine geschminkten Frauen. Raffael sagte immer:

„Frauen schminken sich nur, damit man weiß, wo vorne ist."

Die Bewegung, wie sich ihr Körper entspannte, erlebte Claas wie in Zeitlupe, und das erregte ihn.

„Ich brauche einen Bohrer, um mein Regal zu Hause anzubringen." Sie sah ihm fest in die Augen. Claas hatte das Gefühl, als ob er gescannt würde. Konnte sie jetzt seine Knochen sehen wie bei einem Röntgengerät, oder sogar seinen Charakter?

„Ist die Wand aus Holz?" Sie sah ihn fragend an, und er ergänzte: „Wenn die Wand aus Holz ist, benötigen sie keinen Bohrer. Wenn die Wand aus Stein ist, brauchen sie einen anderen Bohrer. Die sind dort hinten. Dazu passend einen Dübel." Claas drehte sich, wie er meinte, galant um die eigene Achse und stolperte fast. Claas wurde rot.

Sie spitzte ihren Mund und lächelte ihn an.

„Sie kennen sich ja gut aus." Sie sah ihn von oben nach unten an.

„Arbeiten tun sie hier aber nicht."

„Nein", bestätigte er, „das habe ich mal gelernt." Claas dachte an seine abgebrochene Lehre, und das war ihm unangenehm. Was hatte er in seinem Leben zustande gebracht. Könnte er eine Familie ernähren? Wieso dachte er gerade jetzt daran? Selbst mit seinem Praktikum würde er alles zerstören. Er wollte jetzt nicht daran denken. Er ließ die Schultern sinken, was sie wohl bemerkte.

„Können sie mir dann bitte einen Steinbohrer runterreichen und dazu den passenden Dübel?" Claas war froh, von seinen Gedanken abgelenkt zu werden.

„Klar, kein Problem und die Dübel sind dort im Gang." Er trat an das Regal, um einen Bohrer vom Haken zu ziehen, und ging dann in den Seitengang zu den Dübeln. Sie folgte ihm und als er stehenblieb, berührten sie sich leicht. Es war ihm, als bekäme er einen elektrischen Schlag.

„Äh, hier sind die passenden Dübel, es sind ein paar mehr, aber die kann man immer gebrauchen." Claas nahm den angenehmen Geruch ihrer Haare wahr. Erst jetzt trat sie einen Schritt zurück. Sie sahen sich an.

„Sag mal", begann er schüchtern, „können wir uns nicht wiedersehen, oder zumindest unsere Handynummern austauschen?" Sie holte tief Luft und ließ einige Zeit vergehen. Gespannt wartete er auf ihre Antwort.

„O.K.", sagte sie dann, „ich gebe dir nur *meine* Nummer und *du* rufst mich an." Claas grinste. Er hatte bemerkt, dass sie ihn duzte. Er war ihr nicht mehr fremd. Ein schönes Gefühl. Und als er sah, dass sie auch ihren Namen schrieb, flüsterte er verlegen:

„Ach ja, ich heiße Claas."

„Ich muss jetzt los, und melde dich", erwiderte sie.

Sie tippte ihm mit der Hand auf die Schulter und lächelte ihn an, drehte sich um und ging zur Kasse. Claas stand wie vom Donner gerührt. Als sie gezahlt hatte, drehte sie sich noch einmal um und winkte ihm zu. Claas winkte wie in Trance zurück. Er fühlte sich wie neu geboren, er war wieder wer. Er war wichtig. Er sah sich den Zettel an, um ihren Namen zu erfahren. Aylin, Aylin war ihr Name. Es war ein hübscher Name, fand Claas, und ein kleines Herz hatte sie auch auf den Zettel gemalt.

Als sie verschwunden war, schüttelte er seinen Kopf, um sich wieder in die Realität zu holen. Er sollte einen Kompressor kaufen. So ein Mist, wozu? Er hatte Wichtigeres zu tun. Sollte er sie mal probehalber anrufen? Aber vielleicht ist das noch zu früh? Er wendete sich den großen Geräten zu und trat desinteressiert gegen einen blauen Kompressor. Der soll es sein. Heiß fiel ihm ein, dass er einen Einkaufswagen brauchte. Ruckartig machte er kehrt und stürzte an der Kasse vorbei nach draußen. Die Kassiererin schüttelte ihren Kopf. Draußen konnte Claas nur feststellen, dass Aylin schon weg war. Vermutlich mit ihrem Fahrrad.

Traurig wendete er sich den Einkaufswagen zu, um wieder in das Geschäft zurückzukehren. Er brauchte noch einen Schlauch, Schlauchschellen und eine Verlängerungsschnur.

Draußen lud er die gekauften Sachen in das von seiner Mutter geliehene Auto und fuhr damit zum Treffpunkt im Büro. Er hatte sich dort mit Raffael verabredet, und weil er das Auto seiner Mutter nur für einen Tag bekam, mussten sie heute Abend den Kompressor in den Keller des alten Hauses bringen und ihn anschließen.

Vom Treffpunkt fuhren sie gemeinsam zum alten Haus. Sie hatten den Wagen in einer Querstraße abgestellt und quälten sich jetzt mit dem Kompressor durch den Zaun. Auf dem Fußweg konnten sie ihn noch schieben.

Raffael fluchte:

„Mensch ist das Ding schwer, gab es keinen kleineren Kompressor?"

„Es gibt noch kleinere, aber die brauchen eine Ewigkeit, um den nötigen Druck aufzubauen." Claas fühlte sich nicht wohl in seiner Haut, mit dem auffällig blauen Gerät in der Dunkelheit. Er dachte an das kleine Kellerfenster, durch das sie auch noch mussten. Aber Raffael hatte vorausgedacht und Mario und Karim zum Haus beordert. Die Beiden standen schon im Keller, und so konnten sie zu Viert gemeinsam den Kompressor durch das schmale Kellerfenster bugsieren. Claas machte sich sofort daran, den Kompressor mit dem Schlauch an den Wasserboiler anzuschließen und das Kabel bis vor die Steckdose zu legen:

„So, jetzt kann jeder von uns jederzeit den Kompressor anstellen, indem er nur den Stecker in die Steckdose steckt. Außerdem muss er das Ventil hier am Luft-schlauch öffnen, damit Luft in den Boiler gelangen kann. Wenn der Druck im Boiler zehn bar erreicht hat, kann das große Ventil, welches das verseuchte Wasser vom Wassernetz trennt, geöffnet werden."

„Und wieso machen wir das nicht jetzt?" fragte Mario.

„Weil wir sicher sein müssen, dass das Wasser wirklich kontaminiert ist", erwiderte Claas genervt. Insgeheim dachte er an Aylin. Er konnte und mochte sich nicht vorstellen, dass er die Schuld hat, wenn sie krank wer-den würde.

„Und sagt mal, mir fällt gerade ein", fuhr Claas fort, „was ist eigentlich mit unseren Verwandten?" Karim schüttelte den Kopf:

„Das fällt dir erst jetzt ein? Ziemlich spät.

„Psst." Raffael hielt warnend seinen Zeigefinder vor den Mund.

„Hatte draußen sich was bewegt?"

„Apropos Krach. Wenn der Kompressor läuft, macht er fürchterlichen Lärm. Da müssen wir noch was dagegen tun."

Alle sahen Claas an.

„Das fällt dir auch ziemlich spät ein, was ist denn bloß los mit dir Claas?"

Claas ging nicht auf die Frage ein.

„Wir messen das Fenster aus und lassen eine Holzplatte zu sägen, das müsste reichen."

„O.k., so machen wir das", Raffael übernahm wieder das Zepter. „Claas, du besorgst die Platte und nächste Woche starten wir unsere Aktion. Wir werden es den Ungläubigen zeigen. Es wird ihnen eine Lehre sein, uns zu unterschätzen."

Sie verabschiedeten sich voneinander, während auf Claas die nächste Aufgabe wartete.

Am nächsten Morgen stand er früh auf, um seine Sachen zu packen und rechtzeitig zu dem Praktikum beim Wasserwerk zu erscheinen. Er hatte noch einen Blaumann aus seiner Lehre, den er einpackte, und ein paar Arbeitsschuhe. Er wollte auf keinen Fall zu spät ankommen. Das macht keinen guten Eindruck.

Vorn am Eingang wurde er von der Dame an der Rezeption empfangen, die ihn gleich telefonisch anmeldete. Kurz darauf kamen zwei Männer, die ihn lachend begrüßten, mit ihm zusammen zum Parkplatz gingen, auf dem ein Elektroauto für sie bereitstand. Die Strecke kannte Claas ja schon durch die Besichtigung. Ungewohnt war für ihn das Elektroauto. Es war leise. Nachdem das Tor des Wasserwerkes hinter ihnen abgeschlossen wurde, parkten sie neben der Halle. Einer der beiden Arbeiter ging mit Claas noch einmal durch die Anlage, um ihm alles zu erklären. Claas war sehr nervös, er machte sich Gedanken, wie er es schaffen sollte, unbemerkt im Werk zu bleiben. Es war immer einer da, der sich mit ihm beschäftigte. Im Computerraum sah er bei seiner Pause die Kamerakabel, die aus einem Kabelschacht von hinten in den Computer führten. Das war die Möglichkeit. Er würde ein T-Stück in das Kabel zwischen die Kameras und Computer stecken. Das Bild wäre nur für Sekunden weg. Dann würde er sein Laptop an das T-Stück anschließen, das Foto der Kameras speichern und in Ruhe das Kabel der Kameras herausziehen. In der Überwachung wäre dann nur sein gespeichertes Foto zu sehen, während er sich in aller Ruhe auf dem Gelände bewegen könnte. Das ist die Idee, das wird er alles an einem Tag machen. Jetzt braucht er nur noch den Schlüssel. Aber wie kommt er da ran?

Claas bat die Kollegen, ob er nicht eine Bereitschaftsschicht mitmachen dürfte. Er dachte für sich, dann habe er zumindest öfters die Gelegenheit, den Schlüssel zu kopieren. Da er nur eine Woche Zeit hatte, musste er alle Möglichkeiten ausschöpfen, um das Wasserwerk zu sabotieren. Denn der Schlüssel wurde ihm nicht anvertraut.

Mario hatte einen Bekannten, der beim Schlüsseldienst arbeitete. Dem erzählte er, dass er von seinem Vater eine Tracht Prügel bekäme, weil er seinen Schlüssel verloren hätte. Sein Bekannter wolle ihm helfen, wenn er die Schlüsselnummer oder den Firmennamen des Schlüsselherstellers mit einem Abdruck des Schlüssels bekäme.

Am späten Nachmittag nach Feierabend machte Claas sich auf, seinen Bereitschaftskollegen zu besuchen. Er hatte sich eine flache Dose besorgt und Deckel und Boden mit Knetmasse ausgefüllt.

„Hallo Claas, was für eine Überraschung, komm rein."
Der Kollege trat zur Seite, um Claas den Weg in die
Wohnung frei zu machen.

„Entschuldige bitte, es ist hier ein wenig chaotisch, meine Frau ist mit meiner Tochter zum Einkaufen und ich kann nicht weg, weil ich Bereitschaft habe." Claas holte tief Luft, als er den Bereitschaftsschlüssel in einer kleinen Schale im Flur auf der Kommode entdeckte. Sie setzten sich im Wohnzimmer an den Couchtisch. Nachdem der Fernseher ausgeschaltet war, fragte sein Kollege:

„Was kann ich für dich tun, was führt dich zu mir?"

„Na ja", erwidert Claas, „ich möchte einen Bericht über mein Praktikum schreiben und wollte dich fragen, ob du mir etwas erzählen kannst?"

„Kein Problem, ich hab ja Zeit, möchtest du was trinken?"

„Ja, wenn du hast, eine Cola."

Nachdem sie sich einige Zeit unterhalten hatten, fragte Claas,

„Ich müsste mal für kleine Königstiger."

„Was? Ach so. Die Toilette findest du Richtung Ausgang die letzte Tür rechts."

Im Flur griff Claas nach dem Schlüssel in der Schale und nahm ihn mit auf die Toilette. Dort klappte er seine Dose auf, legte den Schlüssel hinein und drückte die Dose fest zusammen. Vorsichtig klappte er die Dose wieder auf und sah sich das Profil des Schlüssels an. Perfekt. Claas drückte die Spülung, wusch sich die Hände und begab sich zurück ins Wohnzimmer, wobei er den Schlüssel vorsichtig wieder in die Schale zurücklegte.

Er hatte, was er wollte, und so beendete er nach einigen kurzen Notizen zum Betriebsablauf im Wasserwerk seinen Besuch. Er müsste noch ein wichtiges Telefonat tätigen.

*

„Aylin", antwortete eine liebliche Stimme am anderen Ende der Telefonleitung.

Claas bekam Herzklopfen,

„Hallo Aylin, hier ist Claas, wie geht es Dir?"

„Hallo Claas, schön dass du anrufst, mir geht es gut und mein Regal ist dank deiner Tipps perfekt angebracht."

„Sag mal Aylin, hast du nicht Lust auf ein Treffen? Wir könnten mit einem Boot auf dem Bordesholmer See rudern, und ich bringe eine kleine Flasche Wein mit."

„Das ist eine schöne Idee von dir, aber ich bin gerade wieder solo und ich will mich nicht gleich wieder in ein neues Abenteuer stürzen."

„Oh, das tut mir leid. Aber wie kann man denn so dumm sein und sich von dir trennen?"

„Ach weißt du", antwortete Aylin, „mein Bruder war dagegen und hat ihm Angst gemacht, da hat er sich von mir getrennt."

Bei Claas gingen sämtliche Alarmglocken an!

„Sag mal, wieso ist dein Bruder dagegen?"

„Ja, mein Bruder ist grundsätzlich gegen eine Bindung mit einem Ungläubigen, aber ich habe nichts dagegen. Meine Familie hat schon jemanden ausgesucht, der mich bekommen soll. Ein Türke aus Anatolien hat meinem Vater ein Angebot gemacht. Dem bin ich versprochen."

„Ich werde mal mit deinem Bruder sprechen. Übrigens: Ich bin kein Ungläubiger! Aber dazu später. Mich interessiert, was für Argumente er hat. Und wie heißt übrigens dein Bruder?"

„Das finde ich sehr lieb von dir, aber bitte sei vorsichtig. Mein Bruder heißt Karim."

Claas hielt seinem Atem an, ausgerechnet Karim. Dem würde er es zeigen.

„Gut", sagt Claas, „ich kümmere mich um deinen Bruder und melde mich dann bei dir."

„Aber bitte sei vorsichtig, ich möchte nicht, dass dir etwas passiert!"

„Das sagtest du schon, also bis bald, und denk an mich." Als Claas das Gespräch beendet hatte, fühlte er die Verantwortung, die er auf sich geladen hatte. Er hat einen lieben Menschen kennengelernt und musste ihn beschützen. Mit breiter Brust wendete er sich seinem nächsten Projekt zu.

*

Unbemerkt hatte Claas den Schlüssel für das Wasserwerk geprüft, indem er die Tür auf- und zu schloss. Er hatte gleich Feierabend und musste, während seine Kollegen sich im Kompressor-Raum befanden, sein Laptop anschließen. Hektisch zog er das Kabel aus dem Computer und steckte sein T-Stück an. Jetzt konnte er sein Laptop anschließen und das Kabel zur Kamera herausziehen. In der Zentrale sah man nun das gleiche Bild wie vorher.

„Komm", rief einer seiner Kollegen, „übertreib nicht, wir haben Feierabend." Gemeinsam traten sie aus der Halle.

„Ihr könnt heute ohne mich fahren, ich muss noch zu einem Kollegen. Der wohnt in der Nähe, das geht zu Fuß am besten." Claas ging zum Tor und wartete, bis seine Kollegen mit dem Auto nachkamen und ihn rausließen.

Claas ging zum Auto seiner Mutter. Obwohl Claas Zeit hatte, war er sehr angespannt. Er wartete noch einen Augenblick, ob seine Kollegen zurückkamen, weil sie etwas vergessen hatten. Aber nichts passierte. So konnte er mit dem Auto vors Tor fahren, aufschließen und hineinfahren. Er stellte das Auto so ab, dass man es von der Straße aus nicht sehen konnte.

Claas musste drei Mal zum Auto gehen, bis er alles, was er benötigte, in der Halle untergebracht hatte.

*

Mario hatte Tage zuvor alte, aufgeblähte Fleischdosen besorgt, die ihm im Keller seiner Oma aufgefallen waren. Die Wölbung der Dosen ist ein Zeichen, dass sie nicht steril gefüllt wurden und sich dadurch Sporen gebildet haben. Sporen können das Nervengewebe des Menschen schädigen und Lähmungen verursachen. Es kann zu Seh-, Schluck- und Sprachstörungen kommen und schließlich durch Lähmung der Herz- und Atemmuskulatur zum Tod durch Ersticken oder Herzstillstand führen. Das Toxin zählt zu den stärksten bekannten Giften und verursacht Botulismus, hatte Mario erklärt.

Mit größtmöglicher Vorsicht hatte Mario mit Atemschutz und Handschuhen den Inhalt der Dosen mit Wasser verdünnt und in einen Plastikbehälter gefüllt.

Claas hatte für den Plastikbehälter die passenden Anschlüsse besorgt und eine kleine elektrische Pumpe, mit der er die Flüssigkeit in das Wassernetz befördern wollte, angeschlossen.

Er hatte sich die Stelle genau ausgesucht. Er durfte den Druck und den Flow im Wasserwerk nicht verändern, sonst gäbe es Alarm in der Zentrale. Es war das Rohr am Eingang, welches zu den Wasserbecken außerhalb führte. Am Rohr war ein Manometer, welches den Wasserdruck anzeigte. Claas konnte in aller Ruhe die Absperrhähne vor und hinter dem Manometer zustellen und statt des Manometers den Behälter mit den Sporen anschließen. Als Claas die mitgebrachte Pumpe montiert, tauchten Lichtkegel an den Seitenfenstern der Halle auf.

Claas blieb fast das Herz stehen. Was soll das? Wieso kommt da jetzt jemand?

*

„Du Herbert, ich muss nochmal zur Zentrale rein. Ich hab meinen Haustürschlüssel vergessen",

„Kein Problem", erwiderte sein Kollege. „Muss ich mit reinkommen? Ich habe keine Zeit. Bereitschaft."

Sie stellten das Firmenauto ab und trennten sich. Einer ging zum Parkplatz zu seinem Auto, der andere ins Haupthaus.

„Eh, Heinz", rief der Pförtner, „wieso bist du hier? Ich hab dich gar nicht aus dem Werk kommen sehen."

„Vielleicht hast du gerade geschlafen?"

„Nichts da, ich sitze hier schon eine halbe Stunde, mache Pause und starre auf die Monitore."

Das glaubte Heinz, und er wurde misstrauisch. Irgendetwas stimmte nicht, wenn der Pförtner die Wahrheit sagte. Was sollte er jetzt machen?

Sollte er zurückfahren? Seinem Chef Bescheid geben? Die Polizei anrufen?

„Hier Wachtmeister Schmidt, was kann ich für sie tun?"

„Ja, hallo, ich rufe hier von der Verwaltung des Wasserwerkes aus an. Ich glaube im Wasserwerk stimmt etwas nicht. Können sie mir helfen, indem wir uns dort treffen?"

„Hmm", brummte Wachtmeister Schmidt, „was stimmt denn nicht?"

Unsere Monitore spinnen, die Monitore, die das Gelände am Wasserwerk zeigen."

Schmidt überlegte, er musste sowieso eine Runde drehen.

„O.k.", sagte er deshalb, treffen wir uns in fünfzehn Minuten am Eingang."

Claas bekam Panik, als er die Scheinwerfer sah.

„Scheiße, Scheiße, was mach ich jetzt?" Tausend Gedanken schossen ihm durch den Kopf. Was wird mit Aylin? Sein Traum zerbrach wie eine Seifenblase. Er konnte noch nicht einmal Karim wegen Aylin zur Rede stellen. Es umgab ihn eine völlige Leere. Alles war umsonst.

Die Halle hatte nur die eine Tür. Die Fenster waren hoch. Die Halle war dunkel und kalt, nur die Kompressoren dröhnten dumpf. Claas hielt die Taschenlampe zu Boden. Er hatte jetzt nur noch zwei Möglichkeiten. Entweder er stellte sich, dann hatte er die geringere Strafe zu erwarten, oder er machte weiter und verseuchte das Wasser. Erwischt würde er auf jeden Fall. Mit gesenkten Schultern ging Claas auf die Tür zu.

Jemand versuchte die Tür zu öffnen, aber Claas hatte den Schlüssel innen stecken gelassen, und so konnte von außen keiner die Tür öffnen. Claas hörte Stimmen, konnte aber nicht verstehen, was gesprochen wurde.

„Hallo, hier ist die Polizei, öffnen sie die Tür", rief Wachtmeister Schmidt energisch, und schlug mit der Faust dagegen.

Claas öffnete die Tür.

„Was machst du denn hier?" fragte Heinz fassungslos, „und wie kommst du hier rein?"

„Sie kennen sich?" Wachtmeister Schmidt verstand gar nichts.

„Ja", erwiderte Heinz, „das ist unser Praktikant, Claas." Heinz trat in die Halle und betätigte den Lichtschalter.

„Was soll denn das?" entfuhr es ihm, als er die Utensilien am Boden sah, „und was ist in dem Behälter?" setzte er nach.

„Sporen", flüsterte Claas.

„Bist du nicht ganz dicht?" schrie Heinz und griff zu seinem Handy.

„Chef kommen sie schnell zum Wasserwerk, hier ist eine große Schweinerei im Gange", schrie er aufgeregt ins Handy.

Claas wurde abgeführt und zum Protokoll in die Wache gebracht. Kurze Zeit später war der Geschäftsführer im Wasserwerk angekommen. Die Ereignisse überschlugen sich. Die Utensilien von Claas wurden unter größter Vorsicht demontiert und zum Labor nach Kiel geschickt. Die Hauptventile hinter den Auffangbecken wurden geschlossen. Alle Gemeinden, die von dem Wasserwerk beliefert wurden, waren jetzt von der Wasserversorgung getrennt. Die Wasserwerke in Neumünster mussten die Notversorgung übernehmen. NDR und RSH wurden ebenfalls informiert.

Sie unterbrachen ihre laufenden Programme und schickten die Eilmeldung über den Äther. Die Einwohner von Bordesholm wurden gewarnt.

Dinge um die sich Rüdiger Teske jetzt kümmern musste waren: Wohin mit den viertausend Liter aus den Auffangbecken? Und das Becken musste gespült werden Claas hatte zwar behauptet, dass er noch keine Sporen in das Versorgungsnetz gepumpt hatte, aber darauf wollte sich niemand verlassen. Ausgerechnet jetzt, wo überall gemunkelt wurde, dass mit dem Wasser etwas nicht stimmte.

27

Borsig hörte schon lange nicht mehr dieses Geklapper der Tastaturen. Anfangs hatte ihn das genervt, aber jetzt konzentrierte er sich auf seinen Bildschirm. Er hat es ja so gewollt. Er wollte unbedingt zum Bundeskriminalamt. Die Aufstiegschancen wären dort gut und außerdem wollte er gern nach Berlin. Aber hier im Großraumbüro arbeitet man wie auf einem Präsentierteller. Er hatte jetzt beim BKA die Aufgabe, mit den Landeskriminalämtern zusammen zu arbeiten.

Borsig erschrak sich mächtig, weil er unverhofft einen Schlag auf die Schulter bekam.

„Na Borsig, wieder mal auf Verbrecherjagd?"

Der neue Chef seiner Fachabteilung hatte immer wieder Spaß, Borsig zu erschrecken.

Ohne eine Antwort abzuwarten, drehte sich sein Chef um und sprach laut weiter:

„Und die Popelvernichtungsmaschine läuft auch auf Hochtouren."

Alles hörte auf zu arbeiten und schaute auf den Mitarbeiter vor Borsig. Der riss mit einem lauten Schmatzen seinen Zeigefinger, den er vorher in der Nase hatte, aus dem Mund. Alles lachte. Der Chef fühlte sich wohl in seiner Rolle, wenn er im Mittelpunkt stand. Er war erst vor kurzem befördert worden und musste sich in seiner Rolle beweisen.

Borsig, der sauer war, weil er nicht berücksichtigt wurde, dachte bei sich:

„Nach dem Motto, wer viel arbeitet, macht viel Fehler. Wer wenig arbeitet, macht wenig Fehler. Wer keine Fehler macht, wird befördert."

Er wartete eine Weile, bis sein Chef schon einige Meter weg war.

„Äh, Chef, ich hab da mal eine Frage?"

Verärgert drehte sich sein Chef um und kam zurück.

„Was ist denn los, was gibt es denn so Wichtiges?"

„Wir haben doch einen Terrorverdächtigen aus den Augen verloren, als der aus dem Irak zurück in Frankfurt landete. Unseren Akten nach, ist der ein Jahr lang von Salafisten ausgebildet worden."

„Und? Machen sie es nicht so spannend, Borsig."

Na ja, der ist wieder aufgetaucht, in Bordesholm!"

„Wo, wo um Himmelswillen ist Bordesholm?"

Borsig genoss es so richtig seinen Vorgesetzten an der Nase hinter sich herzuziehen.

„So ziemlich in der Mitte von Schleswig Holstein."

Borsigs Chef schaute auf den Monitor.

„Und warum ist der solange verschwunden gewesen?"

„Erstens hat er zwei Pässe, dann zeigt Raffael Johannsen bei der Überprüfung immer den Ausweis, den er gerade braucht und zweitens ist er jetzt zum salafistischen Vorbeter ernannt worden und nennt sich Yussuf. Er hat großen Einfluss auf seine Jünger."

Borsigs Chef überlegte laut:

„So, was machen wir jetzt? Ja, gut, so machen wir es. Borsig informieren sie das Landeskriminalamt in Schleswig Holstein. Die sollen die Info zur Kripo in Bordesholm weiterleiten. Wunderbar, und schon sind

wir die Verantwortung los, wenn die nicht reagieren
und es passiert etwas, sind wir aus dem Schneider."
Wie ein stolzer Hahn drehte er sich um und verschwand.

28

Der riesige Trecker mit dem Gülleanhänger kurvte im atemberaubendem Tempo durch den Kreisel. Bei der Ausfahrt auf die Bahnhofstraße schwappte bräunliche Flüssigkeit auf den Asphalt.

„Ob der das darf?" fragte Hauptkommissar Bielfeld seine Kollegin.

„Solange er es nicht im Wasserschutzgebiet macht", antwortete Erika Friedberg lächelnd. „Dann bekommt er es aber mit uns zu tun!"

Die Kriminalbeamten saßen an dem Spätnachmittag auf der Terrasse des „Friends by Rollo". Sie hatten sich vorgenommen, den „Wasserfall" zu rekapitulieren. Ohne Protokoll und ohne Akten. ‚Aus dem Bauch heraus‘, wie Bielfeld sagte. ‚Alles auf den Tisch, auch wenn es unsinnig erscheint‘.

„Einerseits scheint mir das ganze Gewese um diesen Fall zu groß, Sensationshascherei. Andererseits ertappe ich mich auch dabei, dass ich nicht mehr sorglos mit Wasser umgehe. Nehme lieber Mineralwasser aus den Vogesen. Sogar zum Zähneputzen." Erika Friedberg lachte verlegen.

„Na ja, es ist doch auch einiges passiert. Menschen sind gestorben, schwache zwar, aber sie haben Wasser getrunken. Fische sind verendet. Erholt sich der See überhaupt? Da müssen wir nachfragen. Und am Wasserwerk haben auch Leute rumgefummelt. Das kann doch nicht alles Zufall sein." Bielfeld unterbrach seine Rede, weil die freundliche Bedienung die Getränke brachte.

Für den Hauptkommissar ein Wasser, weil er noch fahren musste, und für seine Kollegin ein Glas Wein.

„Meinst du, da gibt es Zusammenhänge. Ein Generalangriff auf das Wasser in Bordesholm sozusagen? Da passt aber einiges nicht zusammen. Die Bauern arbeiten langfristig an der Wasserverseuchung, wie wir eben gesehen haben. Den Pflanzenschutzmittelunfall haben wir aufgeklärt. Vor terroristischen Aktivitäten sind wir gewarnt. Sie sind wohl auch schwer umzusetzen, wie uns Herr Teske von den Wasserwerken versichert. Aber wir müssen wachsam bleiben. Unbestreitbar aber gibt es hier ‚Giftwasser'. Hoffentlich nicht hier drin", lächelte die Beamtin, hob ihr Weinglas, blickte prüfend auf die Flüssigkeit und nahm einen vorsichtigen Schluck.

„Wie immer brillant. Ja, hinter den Terroristen müssen wir her. Ob Wasser oder nicht, sie bilden eine akute Gefahr. Das BKA hat einen Salafisten mit Namen Raffael für unsere Region ausgemacht. Und die Führer des IS rufen ihre Freunde in aller Welt auf, aktiv zu werden. ‚Rechtgläubige', die nicht in ihren Islamischen Staat kommen können, sollen da, wo sie sind, zu den Waffen greifen, habe ich so einen langbärtigen Kerl schwadronieren gehört. In bestem Ruhrpott-Platt übrigens."

„Ich stelle mir, wenn ich so einen sehe, immer vor, was ich tun würde, käme mein Sohn auf solch eine Idee. Kritikwürdig ist in unserer Gesellschaft ja so einiges. Wenn ich alleine an die Praktikumsstafetten denke, die viele junge Menschen machen. Oder die Spaltung in Arm und Reich! Ich habe nicht vieles, was ich meinem Jungen vererben kann. Ich glaube, auf zu kurz gekommene Jugendliche müssen wir achten. Bei denen fallen die Predigten Raffaels auf fruchtbaren Boden."

„Genau. Dagegen kommen wir mit dem Strafrecht nicht an. Und wir Polizisten sind immer die Feuerwehr. Wir müssen uns mit den Ergebnissen verfehlter Politik und Erziehung herumschlagen." Kommissar Bielfeld wurde grundsätzlich:

„Wenn wir den jungen Leuten keine faire Chance bieten, kommen wir unserer Verantwortung nicht nach. Da muss sich viel ändern, in der Gesellschaft, den Schulen und den Elternhäusern."

„Apropos Verantwortung. Bei unserem Thema Wasser fehlt da auch bei vielen das Bewusstsein. Sonst hätte unser polnischer Freund doch Pflanzenschutzmittel nicht einfach vom Laster geworfen und sich aus dem Staub gemacht. Nur aus Angst, nicht pünktlich liefern zu können. Er hätte ja auch später zurückkehren, die Säcke wieder aufladen, den Schaden begrenzen können. Aber Verantwortung für die Umwelt, das Wasser – nicht vorhanden."

„Wenigstens konnte das Labor den Kausalzusammenhang zwischen dem Fischsterben und dem Zeug nachweisen. Wünschen wir dem verantwortungslosen Verursacher einen strengen Richter."

„Ja, dafür bin ich inzwischen auch. Je länger wir uns mit dem Wasserproblem beschäftigen, desto mehr kann ich die Argumente der Naturschützer verstehen. Und ich bewundere die Hartnäckigkeit ihres Vorsitzenden. Heiner Meise hat schon vor fast zwei Jahren die Untersuchung des Wassers in tieferen Schichten untersucht. Er weist immer wieder darauf hin, dass Nitrat im Boden nicht unbegrenzt abgebaut werden kann. Und wenn das ins Grundwasser gerät, wird es richtig unangenehm und teuer."

„Auch so eine Geschichte, wo langfristig, bis zum Ende gedacht werden muss. Nicht nur von Wahl zu Wahl. Kann doch nicht zu viel verlangt sein."

Rollo, der Eigentümer des „Friends by Rollo", trat an den Tisch und begrüßte seine Gäste. Wie immer Freude und Zuversicht ausstrahlend fragte er nach dem Befinden, um dann auf das aktuelle Thema zu kommen: „Wie steht`s mit unserem Wasser?"

„Wir arbeiten daran. Hart. Aber in den Todesfällen kommen wir einfach nicht weiter", antwortete Erika Friedberg.

„Euer Essen ist fertig. Wollt ihr hier draußen essen, oder soll ich im Lokal servieren. Es wird kühl, und der Wind ist auch nicht angenehm", bot der Gastwirt an.

„Stimmt, mich fröstelt ein wenig. Aber gab es hier nicht hohe Glasscheiben, die vor Wind schützten?" fragte Hauptkommissar Bielfeld.

„Gab es", antwortete Rollo und eilte nach drinnen.

„Wunder Punkt, Herr Kollege. Rollo hatte diese Scheiben künstlerisch gestalten lassen. Fand er schön, und viele andere auch. Aber einige Gemeindepolitiker nicht. Die Malereien sollten weg, und wer das überhaupt genehmigt hatte und so. Rollo hat öffentliche Mittel bekommen für die Restaurierung des Hauses. Städtebauförderung. Die vorhandene Bemalung ginge gar nicht, der Bauherr sollte Gestaltungsvorschläge einreichen."

„Und das hat er wohl nicht getan, sondern die Glasscheiben abgebaut. Ergebnis des Streites der Geschmäcker: Wir und alle anderen Gäste sitzen im Zug. Prima!"
„Genau. Aber lass uns hinein gehen. Ich freue mich schon auf meine Currywurst. Mit heller Sauce. Und dein Steak schmeckt bestimmt auch hervorragend."

29

Rüdiger Teske stand in der Halle des Wasserwerks und überlegte:
„Der Praktikant hat ausgesagt, dass er allein gearbeitet hat. Das hat er möglicherweise gesagt, weil er seine Kumpanen schützen wollte. Aber irgendetwas stimmt da nicht."
Teske konnte sich nicht richtig konzentrieren, er hatte in den letzten Tagen soviel um die Ohren gehabt, wie zum Beispiel die Spülung der Vorratsbecken. Die Koordination mit den umliegenden Dörfern sowie mit der Stadt Neumünster, das die Wassernotversorgung übernahm. Das musste alles funktionieren. Und wie es aussah, hat es überall geklappt.
Das Klingeln seines Telefons riss ihn aus den Gedanken.
„Ja, hallo Herr Teske, hier ist Bielfeld, Kripo Kiel. Wir haben hier eine E-Mail vom LKA bekommen. Die haben die Meldung direkt vom BKA aus Berlin weitergeleitet. Eine Warnung! Und zwar wird vor einer Terroristengruppe gewarnt, deren Anführer Raffael Johannsen heißt."
Teske war sprachlos: Er überlegte:
„War etwa dieser Anschlag auf sein Wasserwerk gemeint? Was hat denn der Raffael mit seinem Praktikanten Claas zu tun? Oder gehören die Beiden doch zusammen. Sind da noch mehr? Wieso kommt die Meldung erst jetzt, nachdem das Attentat verhindert wurde?" Teske hatte seine Sprache wiedergefunden:

„Meinen sie, Herr Bielfeld, dass da noch mehr Personen involviert sind?"

„Aus den Erfahrungen, die wir bisher gemacht haben, treten die Terroristen oft in Gruppen auf."

Die Tür wurde aufgestoßen, und lärmend drängte sich eine Gruppe junger Leute in die Halle. Teske bekam gerade noch mit, wie deren Leiter sich lustig über einen Besucher machte:

„Der war so bunt angezogen, da knurrte sogar der Blindenhund." Die Jugendlichen lachten und johlten laut durcheinander.

Teske war genervt, doch als er den Leiter der Gruppe zur Räson bringen wollte, fingen die Glocken in seinem Kopf an, Alarm zu schlagen.

‚Besucher' war das Zauberwort.

„Herr Bielfeld", wandte er sich wieder seinem Handy zu, „mir fiel gerade ein, dass mir vor einiger Zeit eine Gruppe von *vier* jungen Männern aufgefallen ist, die bei einer Besichtigung im Wasserwerk teilgenommen hat."

Herr Teske ging nach draußen, um sich in Ruhe mit Bielfeld zu unterhalten. Drinnen wurde es ihm zu laut.

„Das ist doch schon mal was", erwiderte Bielfeld, „erst den Claas, dann den Raffael Johannsen. Jetzt müssen wir herausfinden, wer die anderen zwei sind, dann schreiben wir die restlichen drei zur Fahndung aus. Vielleicht nehme ich mir den Claas noch einmal vor."

Bielfeld schaltete das Handy aus, er musste Friedberg erreichen und ihr von den Neuigkeiten berichten. Selbst wenn Claas nicht reden würde, gab es bestimmt jemanden, der aussagen könnte, mit wen die beiden zusammenhängen. So langsam kam alles in Bewegung.

Friedberg meldete sich schon nach einer Stunde zurück.

„Wir haben von Claas Mutter erfahren, dass die vier jungen Männer sich jeden Freitag treffen. Und zwar in einer Autowerkstatt. Die Werkstatt gehört dem Vater von Karim, der mit der Gruppe zusammen hängt. Der Vater gehört wohl nicht zu der Gruppe, er hat uns ohne Probleme in den Raum geführt, in dem sich die jungen Männer treffen. Es ist nichts Auffälliges in dem Raum. Aber der Name des Vierten ist Mario. Die Adresse haben wir auch. Karim ist nicht zu Hause, ich habe seinem Vater gesagt, wenn der wieder auftaucht, soll er sich bei uns melden. Ich fahre jetzt zu Mario und nehme ihn mir vor."

Als Friedberg an der Tür klingelte, öffnete sogleich ein junger Mann mit braunen unschuldigen Augen.

„Hallo, ich bin Kommissarin Friedberg von der Kripo, bist du Mario?" Friedberg hielt ihm ihren Dienstausweis hin. Mario war wie vom Donner gerührt.

„Wieso, was ist geschehen?" Mario stotterte. Warum war die Kripo hier?

„Kann ich reinkommen?" fragte Friedberg höflich.

„Ja, natürlich. Kommen sie." Mario machte die Tür weit auf. Fieberhaft überlegte er, was passiert sein könnte. Wie sollte er sich verhalten, damit es unschuldig aussah? Er war noch nie in solch einer Situation. Was wusste die Kripo?

„Kommen sie doch ins Wohnzimmer, ich bin allein, möchten sie etwas zu trinken?" Mario gab sich möglichst höflich, das hilft oft gegen Vorurteile.

„Also Mario", begann Friedberg, „wir haben Raffael, Claas und Karim festgenommen. Die stehen unter Verdacht, eine terroristische Tat geplant zu haben. Wir haben sie verhört und wollen nun deine Meinung dazu hören", log Friedberg.

Über Mario brach eine Welt zusammen. Die wussten alles, sogar Raffael hatten sie, und der hat schon gestanden.

„Wenn du uns alles erzählst", fuhr Friedberg fort, „dann bekommst du eine geringere Strafe."

Mario ließ die Schultern hängen. Alles war aus. Mutlos erzählte er.

„Also, die Idee hatte anfangs Raffael. Wir wollten eigentlich nichts Böses. Nur den Leuten einen Denkzettel verpassen."

„Nun erzähl mal", unterbrach Friedberg ungeduldig Mario.

„Ja, wie ich schon sagte, Raffael hatte die Idee, den Leuten hier in Bordesholm einen Denkzettel zu verpassen."

„Das sagtest du schon." Friedberg musste Mario unter Strom halten, damit er nicht lange überlegen konnte, und fuhr fort, „aber wie sollte der Denkzettel denn aussehen?"

„Na, wir haben uns das alte Haus ausgesucht, wo wir in Ruhe alles aufbauen und durchführen konnten."

Friedberg verstand nichts. Sie durfte sich aber nichts anmerken lassen.

„Dann hat Claas die nötigen Teile besorgt, die wir gemeinsam im Keller des Hauses aufgestellt und angeschlossen haben."

Friedberg verstand immer noch nicht, und schon wieder dieser Claas. Der hat wohl überall seine Finger drin.

„So, jetzt der Reihe nach", begann sie deshalb. Welche Teile hat Claas besorgt, und in welchem Haus habt ihr die Sachen angeschlossen?" Langsam dämmerte ihr, dass es sich hier um eine ganz andere Sache handelte.

„Den Kompressor", fuhr Mario fort, „und dann das Zubehör wie einen Schlauch mit den dazugehörigen Anschlüssen und das Kabel."

„O.k." übernahm Friedberg wieder das Zepter, „das stimmt in etwa mit den anderen Aussagen", log sie. „Und wo ist das alte Haus und vor allem, was habt ihr geplant?"

Mario merkte in seiner Not nicht, dass seine Aussage für die Kripo neu war.

„Na ja, wir wollten nur das Trinkwasser verunreinigen", versuchte Mario die Tat herunter zu spielen.

„Wir wollten das schmutzige Wasser aus dem Boiler im Keller des alten Hauses in das Trinkwassernetz drücken", wurde Mario konkreter.

Friedberg hatte mitbekommen, dass Mario sagte: ‚wollten'.

„Sie haben die Tat also noch nicht abgeschlossen." Es war höchste Zeit was dagegen zu unternehmen.

„Mario, du kommst jetzt mit ins Präsidium und gibst deine Aussage zu Protokoll. Während der Fahrt erzählst du mir wo das alte Haus steht."

Unterwegs bekam sie den Anruf, in dem ihr gesagt wurde, dass Karim sich gemeldet hatte. Friedberg freute sich schon auf seine Vernehmung.

Sie rief noch aus dem Auto Bielfeld an, damit der den Tatort im alten Haus untersuchen und Gegenmaßnahmen einleiten konnte.

Außerdem mussten sie Teske informieren, damit das verkeimte Trinkwasser nicht ins Bordesholmer Trinkwassersystem gelangen konnte.

30

Wenn man sich gut kennt, geht es auch ohne Blaulicht und ohne Martinshorn. Um nicht das ganze Dorf aufzuschrecken, kam die Wehr ohne Musik zu Opa Ehrkes Garten. So wie Erika Friedberg es mit Wehrführer Jochen Plagmann besprochen hatte.

„Marc, kannst du den Brunnen von einem Atemschutzträger untersuchen lassen? Denkt aber an eure eigene Sicherheit, die Gase sind wahrscheinlich giftig!" Wie gewohnt gab der Wehrführer sachlich und ruhig seine Befehle. Gruppenführer Marc Kroll teilte genauso souverän seine Leute ein: Atemschutzträger Martin Plagmann, der jüngere Sohn des Wehrführers, wurde in den Brunnen abgeseilt, gut gesichert von den beiden Kameraden Jan Rohwer und Hanjo Bock, die oben am Brunnenrand das Seil hielten.

„Martin, kannst du was sehen?" Jochen bat seinen Sohn um entsprechende Information. Trotz des hellen Lichtstrahles der Feuerwehrlampe war das aber schwierig. Genauso wie die Verständigung: Die Atemschutzmaske ist nicht für eine gepflegte Kommunikation geeignet, man hörte nur die schweren Atemgeräusche. Er schüttelte nur den Kopf und zeigte mit dem rechten Handschuh nach unten. Das bedeutete:

„Ich gehe weiter runter."

Behutsam leuchtete er die dunklen Brunnenwände ab, die von der Feuchtigkeit schwarz glänzten. Nach einigen Minuten hatten sich seine Augen an die Dunkelheit gewöhnt. Am Boden des Brunnens, direkt an der Wasseroberfläche, lag etwas auf einem Mauervorsprung. Vorsichtig tastete Martin sich heran. Mit dem linken Handschuh hielt er die Lampe, mit dem rechten griff er nach dem Etwas. Es dauerte eine Weile, bis er es festhalten konnte. Es war der Kadaver einer Katze. Ihr schwarz-weißes Fell war mit Mühe zu erkennen. Aber Augen und Schnauze waren stark von der Verwesung gekennzeichnet. Als Bauernsohn und Jäger war Martin solche Anblicke gewohnt. Ohne besonderen Ekel zu verspüren zog er mit seiner linken Hand – die Handleuchte hatte er vorher an seinem Koppel befestigt – am Seil. Das bedeutete: „Holt mich hoch!" Geschickt und kräftig zogen Jan und Hanjo ihren Kameraden aus dem Brunnenschacht.

„Na, Martin. Was hast du uns schönes mitgebracht?" Jochen konnte seine Freude über den heimgekehrten Sohn, aber auch seine Neugier über den Fund, nicht verbergen. Martin legte den Katzenkadaver ins Gras.

„Sonst habe ich nichts entdecken können." Die Polizeibeamten und die Wehrkameraden schauten interessiert, aber ohne weitere Gefühlsregungen auf die tote Katze. Nur Opa Ehrke fing an zu weinen wie ein Kind.

„Oh Gott. Meine kleine Jule. Hier bist du. Ich habe dich überall gesucht. Wie bist du nur da reingekommen? Und ich dachte immer, der Labrador von den Nachbarn hätte dich auf dem Gewissen", stammelte er.

„Nach dem Tod meiner Frau war Jule doch die einzige, die immer für mich da war."

„Herr Ehrke, wie lange vermissen sie denn schon ihre Katze? Und wie kann sie bei diesem schweren Betondeckel in den Brunnen gekommen sein?" Bielfeld hatte die

Fassung bewahrt, während seine Kollegin doch sehr traurig aussah.

„Sie ist seit circa vier Wochen verschwunden. Ein paar Tage sind bei freilaufenden Katzen ja normal, gerade im Frühling. Aber Sorgen habe ich mir schon gemacht. Und den Deckel haben irgendwann mal die Nachbarskinder verrückt, wohl um mich zu ärgern. Ich brauchte einige Zeit, um ihn wieder auf den Brunnenschacht zu bugsieren. Wahrscheinlich ist Jule an einem dieser Tage in den Brunnen gefallen."

31

„Erika, ich denke die Todesfälle Jane Jagschies und
Gertrud Niemann haben wir aufgeklärt. Beide sind
durch den Genuss des vergifteten Apfelsaftes zu Tode
gekommen. Wir werden jetzt über die Staatsanwaltschaft Kiel das Verfahren wegen fahrlässiger Tötung
gegen Herrn Ehrke einleiten lassen." Bielfeld sah seine
Kollegin gedankenverloren an. „Aber was machen wir
im Fall der Nele Hansen?"

„Der Saft von Opa Ehrke scheint jedenfalls nicht für den
Tod ursächlich gewesen zu sein. Leider gibt der erste
vorläufige Obduktionsbericht zu wenig her. Hier ist nur
von Sauerstoffmangel im Gehirn die Rede. Dadurch soll
es zu einer Lähmung des Atemzentrums und zu der
Herzrhythmusstörung gekommen sein. Ich rufe die Kollegen mal an, ob sie inzwischen genauere Informationen
haben." Als Frau der Tat tippte Friedberg sofort die
Nummer der Gerichtsmedizin in ihr Telefon.

„Hier ist Erika Friedberg. Es geht nochmal um die Obduktion von Nele Hansen. Habt ihr neuere Erkenntnisse?"…"Oh, das ist ja wirklich eine Überraschung!"…"Was, neuer Trend bei Kindern und Jugendlichen? Da wird ja einiges auf uns zukommen. Erstmal
vielen Dank und tschüss." Erika Friedberg lehnte sich in
ihrem Schreibtischstuhl zurück und trank langsam ein
Glas Wasser aus.

„Mensch Erika, was ist denn los? Mach es nicht so
spannend." Bielfeld war sauer, dass er nicht bei der Gerichtsmedizin angerufen hatte und Erika Friedberg ih-

ren Informationsvorsprung so genüsslich auskosten konnte.

„Tja, Chef. Wir müssen noch mal zu den Hansens und uns das Zimmer von Nele und das Badezimmer der Familie genauer ansehen. Die Gerichtsmediziner haben im Körper von Nele Butangas und größere Mengen von Adrenalin nachweisen können. Das deutet alles auf einen Rausch durch Deo- oder Haarsprayschnüffeln hin."

*

Neles Mutter stürzte bei dieser Nachricht ins nächste schwarze tiefe Loch ihrer Psychokrise.

„Ich habe mich gerade damit getröstet, dass Nele durch den vergifteten Saft gestorben ist und mich daran keine Schuld trifft. Es wäre schrecklich, wenn sich jetzt herausstellen sollte, dass Nele durch das Schnüffeln selbstverschuldet ums Leben gekommen ist und ich das nicht verhindert habe."

Zu dritt schauten sie zuerst im Badezimmer nach verdächtigen Spuren. Außer vier verschiedenen Deo-Sprays fanden sie nichts.

„Ich habe mich gewundert, dass Nele in den letzten Wochen viel mehr Deo-Sprays als früher gekauft hat. Aber ich habe es auf höhere Transpiration in der Pubertät zurückgeführt. Außerdem hat Nele immer viel Sport gemacht und wollte natürlich nicht nach Schweiß riechen."

„Lassen sie uns noch mal in Neles Zimmer schauen, ob es dort weitere Hinweise gibt."

Viel genauer als beim ersten Besuch durchsuchten Bielfeldt und Friedberg das Zimmer.

„Was hat Nele denn im Bettkasten aufbewahrt? Dürfen wir da mal reinschauen?"

Nicole Hansen hatte nichts dagegen, Bielfeld öffnete den Kasten.

„Oh Gott, was sollen denn die ganzen Plastiktüten?"

Nicole Hansen sah mit Anspannung auf den geordneten Haufen von circa 20 Plastiktüten. Daneben lagen sechs Deo-Sprays der Marke „Frühlingsfrisch."

„Die hat Nele immer am liebsten benutzt. Die waren angeblich so hautfreundlich."

Nicole Hansen fing heftig an zu weinen. „ Warum habe ich das nicht bemerkt? Nele hat sich oft mit ihrer besten Freundin im Zimmer eingeschlossen. Ab und zu war auch ein Junge aus ihrer Schule dabei. Ich hörte sie dann immer so fröhlich lachen. Das klang so herrlich kindlich und unbeschwert."

„Können sie uns die Namen dieser beiden Mitschüler geben. Bevor denen auch etwas passiert?" Erika Friedberg sah wieder sehr ernst aus.

„Die Freundin heißt Lisa Hoffmann. Der Junge heißt Finn. Den Nachnamen kenne ich nicht."

„Auf welche Schule ging Nele eigentlich?"

„Auf die Hans Brüggemann Schule. Ich weiß nur, dass Finn gerne Fußball spielt. Und seine Mutter soll bei der Polizei sein."

Erika Friedberg wurde blass um die Nase.

„Ich muss mal schnell nach Hause."

32

Raffael liebte das stille Gebet. Er spürte, wie sein Körper
sich öffnete, eine wunderbare Macht in ihn hineinström-
te, ihn in eine andere Dimension hob. Aber heute fand
er nicht die innere Ruhe. Gerade hatte er sein iPhone
zerstört, es mit einem Stein zu Grus zerschlagen und
diesen vom Bade-Steg in den Bordesholmer See ge-
schleudert.

Den auf dem iPhone gesendeten Befehl hatte Raffael
fast wie einen körperlichen Schlag empfunden. Er bedeutete:

„Zerstöre soviel du kannst – oder kehre zurück."

Der Hauch eines Lächelns war über Raffaels Gesicht
geflogen, als er den Stein über das Spitzenprodukt
menschlicher Technik hob:

„Es ist, wie es immer war. Der Überbringer einer
schlechten Botschaft wird bestraft", lächelte er, als das
Gehäuse des Gerätes, das die Funktionen eines Handys,
einer Digitalkamera und eines Internet – Kommunikati-
onsgerätes in sich barg, zersprang. Als Raffael, in sich
versonnen, die Teile des iPhones dem See übergab, ging
ihm die schöne Geschichte von dem ersten bestraften
Boten durch den Kopf:

Das war ein weißer Singvogel gewesen, den einer der
griechischen Götter bei seiner Geliebten Koronis zur
Bewachung zurückgelassen hatte. Sofort meldete der
Vogel seinem Herrn, als Koronis ihn betrog. Wütend
bestrafte Apollon den Überbringer der schlechten Nachricht, veränderte die Farbe des Vogels in schwarz, ver-

dammte das arme Tier, zu krächzen anstatt zu singen. Seither trägt der Vogel auch den Namen der Untreuen: Corvus corone – die Rabenkrähe.

„Aber du krächzt nicht einmal mehr", sagt Raffael, als er das letzte Teilchen des technischen Wunderwerkes versenkt hatte.

Von diesem Zeitpunkt an war der Prediger zerrissen von den beiden Teilen der Botschaft. Er sollte schnell zu einer Aktion kommen. Oder die Zelte abbrechen und zurückkehren dorthin, wo er ausgebildet worden war: In den islamischen Staat. Würde er dort aber nicht als Versager angesehen werden, als einer, der den ersten ernsthaften Auftrag nicht erfüllen konnte?

Raffael griff nach dem Koran. Sein persönliches Exemplar war in flexibles rosenfarbenes Leder gebunden. Der heilige arabische Text stand auf der einen, eine deutsche Übersetzung auf der gegenüberliegenden Seite.

„Allah Akbar!" Mit diesen Worten vertiefte er sich in den Text.

„Wir haben doch den Menschen geschaffen. Und wir wissen, was seine Seele ihm zuflüstert, und sind ihm näher als die Halsschlagader." Dieser Vers war eine seiner Lieblingsstellen, Raffael hatte ihn wieder und wieder gelesen, berauscht von der Nähe Gottes.

„Es ist alles Gottes", dachte Raffael. „Er macht lebendig – und er lässt sterben."

Er zupfte am Gebetsteppich, richtete ihn noch präziser nach Mekka aus und sagte dann mit fester Stimme: „Hutama will ich verbreiten, vernichtendes Feuer!"

Raffael ging in die Hocke und rollte seinen Gebetsteppich auf. Stumm legte er ihn in das Schrankregal und liebkoste ihn. Er fühlte sich stark und unbesiegbar. Er öffnete die Tür. Warmer Sonnenschein empfing ihn, ein guter Tag für besondere Taten. Raffael holte tief Luft, bis ihm die Lunge zu bersten drohte. Unbeirrbar ging er Richtung Bahnhof. Er nahm das Geschehen um sich herum nur schemenhaft wahr. Er war fokussiert und sah nur sein Ziel wie in einem Tunnel. Als er am Bahnhof ankam schaute er sich als erstes die Informationstafel der Abfahrzeiten an. Am Besten wäre es Richtung Norden, da würde ihn keiner vermuten. Aber Norden würde erst einmal Kiel bedeuten, und Kiel ist ein Sackbahnhof. Das würde heißen, er müsste umsteigen und neue Zeiten aussuchen. Das war ihm zu unsicher. Richtung Hamburg, wenn er erst einmal in Hamburg war, konnte er dort untertauchen und sich in Ruhe um die Weiterreise kümmern.

Raffael drehte sich um und ging zu den Schließfächern. Er hatte vor längerer Zeit ein Päckchen aus Syrien bekommen. Das Päckchen wurde aus Syrien in die Türkei geschafft und von dort nach Deutschland geschickt. Er hatte für den Inhalt, den er vorsichtig ausgepackt hatte, einen passenden Rucksack gekauft und alles zusammen in einem Schließfach im Bahnhof untergebracht. Die Schließfächer waren die neuesten Errungenschaften auf dem Bordesholmer Bahnhof. Er wollte nicht, dass die Bombe durch Zufall bei ihm zu Hause gefunden wird. Und da er einmal gehört hatte, dass Schließfächer, die lange nicht geöffnet werden, vom Bahnpersonal kontrolliert werden, hatte er einmal die Woche das Schließfach gewechselt. Die Zutaten für eine Bombe in Deutschland zu beschaffen ist zu riskant. Der Einkäufer muss seine Personalien hinterlegen, und das wollte Raffael nicht riskieren. Ausgebildet zum Bau einer Bombe war er allerdings.

Raffael erinnerte sich an das Gespräch mit Claas, in dem Claas ihm von seiner Bewerbung zum Praktikanten im Wasserwerk erzählt hatte. Dass in die Verwaltungsgebäude am Moorweg jeder rein und rausgehen konnte, ohne dass er kontrolliert wird. Es arbeitet dort nur Vormittags eine Teilzeitkraft, die den Eingangsbereich einsehen kann. Und was wichtig ist, es sind dort keine Überwachungskameras angebracht.

Raffael schaute auf seine Uhr. Es war später Nachmittag. Es konnte losgehen.

Er kramte aus seiner Hosentasche den kleinen Schlüssel und schloss das Fach auf. Der unscheinbare Rucksack lag, wie er ihn hinterlassen hatte, ganz hinten. Er hatte sich genau eingeprägt, wie er ihn hingelegt hatte, und zur Sicherheit einen Grashalm unter den Sack gelegt. So konnte er sehen, ob jemand den Rucksack bewegt hatte. Es war alles in Ordnung, und so konnte er sich in aller Ruhe den Rucksack umhängen in der Gewissheit, dass ihn keiner beobachtete. Vom Bahnhof aus ging er auf der Bahnhofstraße Richtung Verwaltungsgebäude. Es machte sich bei ihm eine nervöse Spannung breit. Es lief alles so, wie er sich das vorgestellt hatte. Er hatte sich vorgenommen, wenn ihn jemand anspricht, würde er sich entschuldigen und nach einem Job fragen. Die würden ihr Bedauern aussprechen, und er könnte sich unauffällig verabschieden.

Aber nichts dergleichen passierte. Der Vorraum war leer, und so wandte er sich nach links durch die Glastür und nahm gleich wieder die erste Tür rechts, um in die Toilette zu gelangen. In der Kabine schloss er sich ein. Als erstes drehte er die Wasserzufuhr, ein Eckventil, sehr stramm zu. Es sollte niemandem zu leicht gelingen, das Wasser wieder aufzudrehen. Dann betätigte er die Spülung. Der Wasserkasten war damit geleert und er hatte Platz für seine Bombe. Die Drückergarnitur konnte er leicht anheben und abnehmen. Plötzlich wurde die Toilettentür aufgerissen. Raffael erschrak und hielt die Luft an.

„Warum halte ich die Luft an?" fragte er sich, „es ist doch nicht verboten die Toilette zu benutzen." Schnell setzte er sich auf den Klodeckel; falls jemand unter die Tür hindurch schauen sollte, würde der die Schuhe sehen und vermuten, dass hier jemand das tut, was man auf der Toilette eben tut.

Raffael hörte einen Reißverschluss zirpen und gleich darauf, wie jemand Wasser ließ. Dabei entfleuchte dem Mann vor Anstrengung ein kleiner Pups.

„Pups ließ er, Furz hieß er", hörte Raffael den Pinkler sagen. Raffael fühlte sich wieder sicher und grinste boshaft. Der Pinkler wusch sich die Hände und verließ die Toilette. Mit einem Klappen fiel die Tür zu. Raffael wartete noch einen Augenblick, bis er sicher war, und fuhr mit seiner Arbeit fort. Um weiteren Platz für die Bombe zu schaffen, demontierte er den Schwimmer aus dem Wasserkasten. Es machte ihm einige Mühe, die Bombe vorsichtig im Wasserkasten unterzubringen. Erst jetzt stellte er die Zeit ein und machte die Bombe scharf. Raffael schwitzte, weil er sich sehr konzentrieren musste. Er hängte die Drückergarnitur wieder ein und verstaute den überflüssig gewordenen Schwimmer in seinem Rucksack. Zufrieden schaute er sich sein Werk an. Es war nichts zu beanstanden. Aus der Seitentasche seines Rucksackes nahm er ein Schild heraus, welches er schon vorbereitet hatte. Mit dickem, schwarzen Stift hatte er auf ein DIN A4 Blatt ‚defekt' geschrieben. Er tastete in seiner Jackentasche nach dem Klebeband, mit dem er das Schild außen auf die Kabinentür kleben wollte. Draußen auf dem Flur hörte er Stimmen, und so wartete er noch eine Weile, bis er sicher war, alleine zu sein. Schnell warf er sich den Rucksack um, trat aus der Tür der Kabine, brachte das Schild an und verließ das Gebäude. Es bemerkte ihn niemand. Er schaute auf die Uhr, es hatte doch länger gedauert, als er vermutete. Obwohl er Zeit hatte, ging Raffael zügig zum Bahnhof. Unterwegs setzte er sich ein Käppi auf, wegen der Kameras auf den Bahnhöfen. Er ging die Bahnhofstraße mehrmals auf und ab, um nicht unnötig lange auf dem Bahnsteig zu stehen. Weil er zu viel Zeit auf der Toilette verbracht hatte, musste er einen Zug später nehmen und deshalb in Neumünster umsteigen. Aber er hatte genug Zeit: Wenn die Bombe hochgeht, würde er schon in Hamburg sein. Er fühlte sich nach der getanen Arbeit, wie ausgelaugt. Er hatte etwas geschafft, was bleibenden Eindruck hinterlassen würde. Er war stolz auf sich. Von Hamburg aus würde er sich einen Weg in die Türkei suchen, um von dort aus nach Syrien zu gelangen. Sie werden ihn mit offenen Armen empfangen, wenn er ihnen berichtet, was er angerichtet hat. Als Raffael oben am Bahnsteig ankam, war er der einzige Fahrgast. Kein Mensch war zu sehen. Er wollte schon das

Risiko eingehen, und den Schaffner fragen, was los sei, als er auf der Anzeigetafel las:

„Zug fällt aus. Streik."

Raffael bekam Panik, was sollte er jetzt machen? Unschlüssig ging er auf die andere Seite, als er angesprochen wurde:

„Sie müssen sich beeilen, die Schienenersatzbusse fahren gleich nach Neumünster." Schnell lief Raffael die Treppen hinunter und wandte sich zum Parkplatz. Er schaffte es gerade noch.

In Neumünster leerte er seinen Rucksack. Den Schwimmer, den er aus der Toilette montiert hatte, steckte er in einen Müllkasten.

*

„Finn, ich muss dringend mit dir reden!" Energisch trat Erika Friedberg ins Zimmer ihres Sohnes. „Warum hast du mir nie gesagt, dass du die tödlich verunglückte Nele Hansen kanntest?"

„Aber Mama, ich habe dir doch erzählt, dass Nele auf meine Schule ging." Finn sah seine Mutter beunruhigt an. Er konnte sich keinen Reim auf ihre Bemerkung machen.

„Aber du hast mir nicht erzählt, dass du bei Nele zuhause warst. Was habt ihr dort eigentlich gemacht?"

„Ich war zusammen mit Lisa Hoffmann bei Nele. Wir haben gechillt."

„Was heißt denn bei dir gechillt?" Erika wollte es genau wissen.

„Na, so abhängen und sich von der Schule erholen und so." Finn witterte Ungemach.

„Wir haben bestimmt nichts Verbotenes gemacht, falls du das meinst."

„Ob verboten oder nicht, ist mir egal. Aber es war gefährlich, was ihr gemacht habt. Ihr habt geschnüffelt, mit Deos in Plastiktüten." Erika Friedberg verlor langsam aber sicher ihre Fassung.

„Und die Nele ist wahrscheinlich daran gestorben."

„Aber Mama, ich war nur einmal dabei und habe erst hinterher von Lisa erfahren, dass Nele das wohl öfter gemacht hat. Aber dass das tödlich sein kann, wusste ich nicht. Und falls du dir darüber Sorgen machst, ich schnüffele bestimmt nie wieder. Ich finde das überhaupt nicht cool. Das ist höchstens was für Mädchen."

Erika nahm ihren Sohn in den Arm:

„Großes Indianerehrenwort? Ich mache mir Sorgen um dich, Finn. Und für Mädchen ist es genau so gefährlich wie für Jungs."

„Aber Fußball spielen darf ich noch? Oder ist das auch zu gefährlich?" Finn knuffte seine Mutter in die Seite.

*

Die Explosion erschütterte das ganze Gebäude. Die Glastüren in dem Eingangsbereich zersplitterten und flogen ins Freie gegen die auf dem Parkplatz stehenden Autos. Die Druckwelle löste bei einigen Autos die Alarmanlagen aus. Fenster flogen aus ihren Rahmen ins Freie. Eine Staubwolke breitete sich durch die offen gewordenen Türen und Fenster aus. Schreie ertönten.

Auch jetzt noch, Sekunden nach der Explosion, fielen Teile zu Boden. Eine Frau kam schreiend ohne Schuhe aus der Staubwolke gerannt, blieb mit ihren Kleid hängen, stürzte zu Boden, raffte sich auf und lief weiter auf den Parkplatz zu. Eine kleine Gruppe folgte ihr. Ein Mann kletterte im Erdgeschoss aus dem Fenster und taumelte auf den Platz. Mehrere Leute kamen, sich gegenseitig stützend hinter dem Haus hervor. Sie waren auf der Rückseite des Hauses aus den Fenstern gestiegen.

Keiner verstand, was hier passierte. Die Telefonleitungen waren überlastet.

Neugierige Menschen kamen von der Straße auf den Parkplatz. In der Ferne hörte man die Sirenen der Feuerwehr.

Am Moorweg war die Hölle los.

Die Polizei traf kurz vor der Feuerwehr ein. Mit blockierenden Reifen hielt der Peterwagen vor dem Gebäude. Ohne genaue Kenntnis der Sachlage wussten die Beamten, was zu tun ist. Die Leute zurückdrängen und den Platz absperren. Die Feuerwehr wurde durchgelassen, die sofort damit anfing, das Haus nach Verletzten zu durchsuchen. Auf dem Parkplatz wurden die Leute nach besten Möglichkeiten versorgt. Mit der Vernehmung des Personals wollten Wachtmeister Schmidt und sein Kollege noch warten, bis die Ärzte und Sanitäter die Notversorgung abgeschlossen hatten. Tote waren bis jetzt nicht zu beklagen. Erst als die Feuerwehrleute alle Räume nach Personen durchsucht hatten, und sie die Begehbarkeit ohne Gefahr gewährleisten konnten, gaben sie das Gebäude für die Polizei frei.

Polizeiwachtmeister Schmidt und Kollege stellten sich die Frage, wie das passieren konnte? Ein Gasrohrbruch? Gasflaschen? Überall war das Chaos. Zerfetzte Toilettentüren und Wände. Glassplitter von Spiegeln und zerbrochene Waschbecken. Es war nicht schwer den Raum zu finden, in dem die Explosion ausgelöst wurde. Wachtmeister Schmidt schaute durch das Loch in der Wand, hinter dem ein Büro zu erkennen war, in dem das Fenster fehlte. Aus den zerrissenen Rohren lief unaufhörlich Wasser.

„Kann hier jemand das Wasser abstellen?" rief er nach draußen.

Hoffentlich hat hier keiner gearbeitet, dachte er bei sich. Steinbrocken lagen herum, einige hatten den Schreibtisch zerschlagen. Die Steine sind von der Toilettenwand in das Büro geflogen.

„Ruf mal die ‚Spusi' an, hier sind einige Ungereimtheiten", wandte sich Schmidt an seinen Kollegen.

„Ich ruf den Bielfeld an, es riecht hier nach einem Attentat, und wenn mich nicht alles täuscht, hat ein gewisser Raffael Johannsen alias Yussuf das zu verantworten. Wir sind doch letzte Woche von der Kripo Kiel vor ihm gewarnt worden."

*

Der Anruf aus Bordesholm, nötigte Bielfeld zum schnellen Handeln. Mit Friedberg verabredete er sich am Tatort, und während er ins Auto stieg, rief er eine Ringfahndung aus. Er war sich im Klaren, was das bedeutete.

Alle Fähren, alle Straßen, Bahnhöfe und Flughäfen, alles wird kontrolliert. Ein immenser Personalaufwand. Bielfeld war in der Verantwortung, das war ihm klar. Und wenn es nicht klappte, könnte es heißen, Ade liebe Beförderung.

Als Bielfeld auf dem Parkplatz am Moorweg einbog, war er erschüttert. Immer noch hing der Staub von der Explosion in der Luft. Genervt hupte Bielfeld, weil ihn einige Neugierige an der Weiterfahrt hinderten. Ein Polizist half ihm. Friedberg war schon da.

„Und, gibt es schon Erkenntnisse?" fragte er Friedberg, während er ausstieg.

„Das Wichtigste zuerst, es gibt keine Toten. Drei Schwerverletzte und mehrere Personen, die von herumfliegenden Teilen getroffen wurden. Einige Leute haben einen Knallschaden durch die Explosion bekommen.

Bielfeld sah, dass Ärzte und deren Helfer, die aus Neumünster angefordert wurden, sich um die Verletzten kümmerten.

Aus dem Autoradio hörten sie, dass die gesamte A7 Richtung Süden gesperrt und der Verkehr vor Hamburg über die Autobahntankstelle Holmmoor-West geleitet wurde. Dort wurden die Fahrzeuge überprüft, bevor sie weiterfahren durften.

„Wir vermuten, dass es sich um den Raffael Johannsen handelt, vor dem uns das LKA Kiel gewarnt hat. Wir haben die Türdrücker sämtlicher Toilettentüren gesammelt und lassen sie auf Fingerabdrücke untersuchen."

„Prima", erwiderte Bielfeld, „das läuft ja wie am Schnürchen. Hoffentlich schnappen wir ihn, bevor er ins Ausland verschwindet."

*

Langsam fuhr der Zug in den Hamburger Hauptbahnhof ein. Viel zu langsam, empfand Raffael. Er konnte es kaum erwarten in Hamburg unterzutauchen. Er drängelte sich an einigen wartenden Leuten vorbei. Ein Rentner schimpfte. Raffael schaute ihn nur verächtlich an, bis der Rentner verstummte. Raffael öffnete die Tür, obwohl der Zug noch nicht angehalten hatte, und sprang auf den Bahnsteig.

Es wimmelte hier auf dem Bahnsteig von Menschen. Er stand ziemlich in der Mitte des Zuges und entschied sich, nach rechts zu gehen, als dort zwei Uniformierte hinter einem Verkaufsstand auftauchten. Sie waren gut zu erkennen mit ihren weißen Hüten. Raffael versteckte sich schnell hinter einer Reklamewand und änderte die Richtung. Er ging zügig Richtung Treppen, die er mit großen Schritten erklomm. Dabei überholte Raffael die Rolltreppenfahrer. Alle hatten es eilig, und so fiel der Flüchtende nicht auf. Oben angekommen wandte er sich nach links. Hinweisschilder zeigten ihm den Weg zum Mönckebrunnen.

Raffael überlegte fieberhaft, wie es jetzt weitergehen sollte? Er musste in die Türkei. Er musste zur Ruhe kommen und Zeit zum Überlegen haben. Er war am Mönckebrunnen angekommen und ließ sich von der Menschenmenge treiben. Es ging weiter auf der Mönckebergstraße Richtung Rathaus. Und hier war die Hölle los.

Der Rathausplatz war bis auf den letzten Stehplatz mit Menschen gefüllt. Vor dem Rathaus war eine riesige Leinwand aufgebaut. Es wurde das Fußballländerspiel Deutschland-Polen übertragen. Es war gerade Halbzeit. Bier und Wurst wurden verkauft. Ein Kamerateam drängelte sich durch die Menschen, um sie zum Spielverlauf zu interviewen. Raffael kam nicht weiter. Er war eingekeilt zwischen Menschen, als er vor der Kamera stand:

„Herzlichen Glückwunsch mein Herr. Sie haben die Eintrittskarte zum Endspiel in Rio gewonnen. Was sagen sie dazu und wie ist ihr Name?

Raffael antwortete verwirrt:

„Gewonnen? Mein Name ist Raffael…" Raffael stockte. Was redet er? Als ihn eine Stimme ansprach:

„Sind sie Raffael Johannsen?",

„Nein, mein Name ist Yussuf", erwiderte Raffael erschrocken, und wendete sich dem Sprecher zu.

„Das macht nichts, den suchen wir auch", sagte der Uniformierte humorlos. Raffael wandte sich ab, um wegzulaufen, doch da standen zwei weitere Beamte. Der eine schüttelte verneinend mit dem Kopf:

„Lass es sein, es hat keinen Zweck."

„Es besteht Fluchtgefahr", übernahm wieder der erste Polizist und nickte seinen Kollegen zu.

„Hände auf den Rücken." Handschellen schnappten um Raffaels Handgelenke.

Ein Beamter zog sein Sprechfunkgerät aus dem Lederetui, drückte auf einen Knopf und sprach:

„Ja, hier ist 592, wir haben ihn."

„Wie viele Tote?" fragte Raffael den Beamten.

„Allein für diese Frage gibt dir der Richter ein bis zwei Jahre mehr, bevor du ausgewiesen wirst. Aber viel hast Du nicht erreicht. Nur einige Verletzte."

„Ich verstehe das nicht", konnte der andere Beamte sich nicht mehr zurückhalten.

„Ihr Moslems kommt hier nach Deutschland, dürft eure Moscheen hier bauen, bekommt Sozialhilfe, Kindergeld, ihr dürft hier studieren und Wohnungen werden euch gestellt. Warum tut ihr uns das an?"

Der leitende Beamte deutete ihn mit seiner Hand, den Mund zu halten.

Raffael schaute ihn nur verächtlich an, „Ihr seid ungläubig."

„Und wer bestimmt das?" Diesmal wurde der erboste Polizist nur durch einen strafenden Blick zum Mundhalten aufgefordert.

„Hallo 592?"

„Ja hier 592."

„Könnt ihr bestätigen?"

„Ja können wir, es ist Raffael Johannsen alias Yussuf. Wir bringen ihn euch."

„Gut, dann können wir die Ringfahndung beenden und Bordesholm informieren."

Langsam ging alles wieder seinen gewohnten Lauf.

Auf der Wache wurde Raffael am nächsten Tag verhört. Die Fingerabdrücke auf den Türgriffen stimmten mit seinen überein. Seine drei Kollegen, Claas, Mario und Karim gestanden und belasteten ihn schwer. Der

Schwimmer aus der Toilette wurde in Neumünster auf dem Bahnhof im Müllkasten gefunden.

Raffael Johannsen war geständig.

"Das Buch ist hiermit zu Ende und damit auch die
Kopfarbeit des Lesers.
Zur körperlichen Ertüchtigung geht es jetzt ins
vitaMAX, die maximale
Fitness-Welt im Moorweg 70!
in Bordesholm."

Unsere Kompetenz für Ihre Gesundheit

Henning Thomsen, geb. 1955 in Kiel, hat nach seinem Großen Juristischen Staatsexamen 27 Jahre für die Allianz Versicherung als Führungskraft im Außendienst gearbeitet. Als Vorruheständler ist er ehrenamtlich tätig: Ob beim Deutschen Roten Kreuz in Kiel oder in verschiedenen Bereichen und Funktionen in Groß Buchwald, wo er seit 20 Jahren lebt.

Jürgen Baasch, geb. 1945, war bis 2004 Bürgermeister in Bordesholm. Neben seinen zahlreichen ehrenamtlichen Tätigkeiten leitet er seitdem Seminare in Plattdeutsch und Kurse zur Biografie Erstellung.

Elmer Schmidt ist in 1948 Hamburg geboren und bis kurz vor seinem 18. Lebensjahr dort aufgewachsen. Fuhr dann 5 Jahre weltweit zur See. Absolvierte 8 Jahre in Boostedt die Bundeswehr um sich in Kiel weiterzubilden und dort als staatlich geprüfter Medizintechniker zu arbeiten. Heute lebt er zufrieden in Schleswig Holstein bei Kiel auf dem Lande.

In der Reihe Bordesholmer Edition erschienen:
Stand: Juli 2015

Bd. 1: Das Grab auf der Insel
Der erste Bordesholmkrimi
von Jürgen Baasch, Lydia Glaubke, Charlotte Günther,
Ines Reich und Hartmut Wiedling
ISBN 978-3-8448-0006-7   172 Seiten   Preis 9,90€

Bd. 2: De Borsholmer Jedemann
Hugo v. Hofmannsthal sien Stück,
in`t Plattdüütsche sett vun Jürgen Baasch
ISBN 978-3848-21806-6   128 Seiten   Preis 8,90€

Bd. 3: Das Licht
und andere Erzählungen
von Jürgen Baasch, Kirsten Frahm,
Viktor Vogt und Hartmut Wiedling
ISBN 978-3848-22711-2   136 Seiten   Preis 8,90€

Bd. 4: Krimidinner
Kriminalroman
von Hartmut Wiedling
ISBN 978-3848-21971-1   **260 Seiten**   **Preis 14,90€**

Bd. 5: Schmalsteder Beifang
Der zweite Bordesholmkrimi
von Jürgen Baasch, Silvia Biener, Charlotte Günther,
Diana Kühl und Hartmut Wiedling
ISBN 978-3-8482-2419-7   164 Seiten   Preis 9,90€

Bd. 6: Murmelspiel und Schabernack
Alltagsgeschichten aus unserer Nachkriegskinderzeit
Biografische Reihe, Hrsg. Jürgen Baasch
ISBN 978-3848241415   168 Seiten   Preis 10,90€

Bd. 7: Biografische Splitter
Biografische Reihe, Hrsg. Elmer Schmidt und Jürgen
Baasch
Erzählungen
ISBN 978-3-7322-3098-3   138 Seiten   Preis 9,90€

**Bd. 8: Doppelbilder - Vier Paare, acht Geschichten und
ein Gastspiel**
9 Erzählungen
von Hartmut Wiedling
ISBN 978-3842-34211-8   136 Seiten   Preis 8,90€

Bd. 9: Ein Haus wird Hundert
Geschichten zur Geschichte
von Franz Rohwer
ISBN 978-3732-25457-6   88 Seiten   Preis 8,50€

Bd. 10: Lotosblüte
Der dritte Bordesholmkrimi
von Jürgen Baasch, Kirsten Frahm, Charlotte Günther,
und Hartmut Wiedling
ISBN 978-3732-28658-4   176 Seiten   Preis 9,90€

Bd. 11: Rezepte für die faule Hausfrau
Kleines Kochbüchlein ohne Anspruch auf Michelinsterne
von Durannimo von der Wied
ISBN 978-3732-28628-7   52 Seiten   Preis 3,90€

Bd. 12: Letztes Jahr
Satirischer Endzeitroman
von Hartmut Wiedling
ISBN 978-3-7322-8940-0   156 Seiten   Preis 9,90€

Bd. 13: Krimiwanderungen
Auf den Spuren der Bordesholmkrimis
von Jürgen Baasch, Kirsten Frahm, Charlotte Günther,
und Hartmut Wiedling
ISBN 978-3-7357-5979-5   52 Seiten   Preis 4,90€

Bd. 14: Wenn Papa lange wegfährt
Ein Bilderbuch für Kinder
Von Kristina Dohrn
ISBN 978-3-7357-2308-6   24 Seiten   Preis 13,90€

Bd. 15: Odile
Erzählung
von Hartmut Wiedling
ISBN 978-3-7357-1940-9   84 Seiten   Preis 7,90€

Bd. 16: Klosterbrut
Gesellschaftspolitischer Zukunftsroman
von Hartmut Wiedling
ISBN 978-3-8370-8979-0   208 Seiten   Preis 10,90€

Bd. 17: Die Seminaristin
Der vierte Bordesholmkrimi
von Jürgen Baasch, Kirsten Frahm, Charlotte Günther,
und Hartmut Wiedling
ISBN 978-3-7357-7074-5   184 Seiten   Preis 9,90€

Bd. 18: Lichtungen
Gedichte und Kurzgeschichten
Von Martin Schmusch
ISBN 978-3-7347-5811-9   92 Seiten   Preis 7,90€

Bd. 19: Nordlicht
Heimatgeschichten
Biografische Reihe
Herausgegeben von Jürgen Baasch
ISBN 978-3-7357-7572-6   180 Seiten   Preis 9.90€

Bd. 21: Von Mensch & Tier, Musikern und
 Gottesdienern
77 Limericks von Michael Struck
77 Bildericks von Dieter Stolte
ISBN 978-3-7375-1943-4   78 Seiten   Preis 9,90€

Bd. 22: Spiegelbilder
Heiner Volkers, Hrsg.
Stegner in Schleswig Holstein
ISBN 978-3-00-050146-3   303 Seiten   Preis 14,90€

Bd. 23: Halleluja Sakra
Das Muthenberger Missgeschick mit den Gebeinen
Eine historische Mühbrooker Heimatgeschichte
von Detlef Tanneberger
ISBN 978-3-7357-5643-5   236 Seiten   Preis 11,95€

Notizen:

Herstellung und Verlag:
BoD - Books on Demand, Norderstedt
ISBN 978-3-7392-0249-5

Bordesholmer Edition
Eine Reihe für Autoren von Bordesholm und
Umgebung
Herausgeber: J. Baasch und H. Wiedling
Bordesholmer.edition@yahoo.de